Bianca

W9-DEW-650

UN ENCUENTRO ACCIDENTAL
CATHY WILLIAMS

Editado por Harlequin Ibérica.
Una división de HarperCollins Ibérica, S.A.
Núñez de Balboa, 56
28001 Madrid

I.S.B.N.: 978-84-9188-073-8
Depósito legal: M-7145-2018
Impresión en CPI (Barcelona)
Fecha impresion para Argentina: 12.11.18
Distribuidor exclusivo para España: LOGISTA
Distribuidor para México: Distibuidora Intermex, S.A. de C.V.
Distribuidores para Argentina: Interior, DGP, S.A. Alvarado 2118.
Cap. Fed./Buenos Aires y Gran Buenos Aires, VACCARO HNOS.

Capítulo 1

A TRAVÉS de las ventanas de la ventilada sala de estar situada en el ala oeste de su gran casa de campo, Leandro Sánchez tenía una visión de pájaro sobre lo que solo podía calificarse del inevitable final de su relación de seis meses con Rosalind Duval. No era de extrañar, pensó, que aquella diva mimada saliera entre una nube de drama exagerado. Eran poco más de la seis de la tarde y el último de los camiones que aquella mañana habían llevado comida y adornos, incluida aquella ridícula escultura de hielo, se estaba marchando junto con varias docenas de personal. Los farolillos chinos traídos para la ocasión que enmarcaban la larga avenida privada que llevaba a su finca brillaban bajo la delicada nieve que caía, iluminando las formas oscuras de los vehículos que ahora se alejaban de su finca. Leandro apretó los sensuales labios con gesto de disgusto y reprodujo en su mente los acontecimientos de las últimas tres horas. Había regresado de su viaje de negocios a Nueva York y en cuanto bajó del avión vio una riada de mensajes de texto de Rosalind diciéndole que tenía que ir inmediatamente a su casa de campo porque había una sorpresa esperándole. Leandro odiaba las sorpresas. Y estaba especialmente molesto porque durante la semana que estuvo en Nueva York había decidido que su relación con lady Rosalind Duval había llegado al final del trayecto. Sobre el papel cumplía todos los requisitos: era guapa, bien educada y económicamente independiente. Aunque sus padres no llegaran al mismo nivel financiero que él, formaban parte de esa raza en extinción conocida como aristocracia británica. Además era amiga de su hermana Cecilia, que había sido quien se la presentó. Leandro no estaba en el mercado del amor, pero se encontraba en un momento inquieto y Rosalind aprovechó aquel momento de vacío poco habitual con la promesa de algo diferente. Pero no fue así. Su educación le hacía sentir que todas sus demandas debían ser cumplidas. Como hija única privilegiada, estaba acostumbrada a conseguir lo que quería, y el hecho de que tuviera ya treinta y pocos años no suponía una barrera para que diera pisotones de rabia y tuviera rabietas si las cosas no salían como había decretado. Siempre había sido el centro de atención y no veía razón para que él, Leandro, no continuara con aquella tradición.

Exigía su atención constante, le llamaba varias veces al día, y, como tenía acceso a su tarjeta de crédito, no dudaba en comprar lo que le apeteciera: joyas, ropa e incluso un carísimo coche deportivo. Y finalmente un anillo de compromiso, que, según descubrió Leandro con horror, era la sorpresa que le esperaba cuando regresó de Nueva York.

–¡Entrega especial! –había sonreído Rosalind mientras hordas de personas iban y venían organizando la fiesta de compromiso que se iba a celebrar al día siguiente–. Debería llegar justo a tiempo para que descorchemos una botella y lo celebremos antes de la cena. Es hora de que hagamos esto oficial, Leandro. Mis padres están deseando tener un nieto y no veo razón para retrasarlo más. Los dos tenemos ya más de treinta años y es el momento de dar el siguiente paso. Cariño, sé que tú eres el típico hombre al que nunca se le ocurriría hacer nada al respecto, así que pensé en ocuparme yo.

Leandro vio cómo desaparecía la parte trasera de la última furgoneta, y luego se dirigió a la cocina para ver los desperdicios que habían dejado atrás con aquella precipitada marcha.

La ridícula escultura de hielo de una pareja abrazada seguía intacta en el vestíbulo, y habría que retirarla al día siguiente. Leandro iba a necesitar un equipo de limpieza para devolver su casa de campo a su estado anterior.

En aquel momento lo único que le apetecía era tomarse algo fuerte de beber. El maldito anillo de compromiso venía de camino. Tendría que hacer otra salida precipitada, aunque estaba dudando si quedarse con el anillo o no. Había costado una pequeña fortuna. Según la factura, se trataba de un diamante sin mácula. Tal vez se lo regalara a Rosalind. Después de todo, era ella quien había escogido la joya aunque fuera Leandro quien la pagara con su tarjeta de crédito.

Torció el gesto y pensó que había muchas posibilidades de que el gesto no fuera bien recibido.

Para una vez, sus pensamientos adquirieron una naturaleza introspectiva. En la cocina, Julie, su asistenta, estaba ocupada tratando de erradicar toda evidencia de los preparativos de la fiesta. Leandro se sirvió una copa y le dijo que podía irse.

—Falta una entrega más —dijo con aire ausente mientras hacía girar el líquido ámbar en el vaso antes de mirar a la mujer de mediana edad que cuidaba de su casa de campo desde hacía cinco años, cuando la compró—. Necesitaré ocuparme de eso personalmente. Estaré en el despacho. Cuando llegue el mensajero házmelo saber, Julie. No deberían tardar más de diez minutos, y entonces podrás marcharte. Mañana por la mañana tendrá que venir el equipo habitual para terminar de limpiar todo este... lío.

Le daba rabia seguir siendo incapaz de centrar su

mente divagadora, porque era un hombre que no tenía tiempo ni ganas de bucear en el pasado. Y, sin embargo, ahora, al dirigirse de regreso a su despacho y cerrar las cortinas para no ver la nieve que caía más deprisa y más fuerte, no pudo evitar ponerse a pensar.

Pensar en Rosalind y en la cadena de eventos que la habían llevado a su vida y contribuido a que se quedara allí, a pesar de que casi desde el principio empezó a ver cómo se abrían las grietas.

Su hermana Cecilia había sido determinante para que se encontraran y, en cierto modo, también para que Leandro vacilara antes de hacer lo que había que hacer. Suspiró al imaginar la reacción de su hermana cuando recibiera la inevitable llamada de teléfono de Rosalind, quien seguramente hablaría con Cecilia antes de que él tuviera tiempo de contarle nada.

Apuró el whisky que le quedaba, tomó asiento y se apartó del escritorio antiguo de caoba mientras seguía pensando... en los sucesos ocurridos dieciocho meses antes y en otra mujer que había aparecido en su vida solo unas semanas y había causado estragos.

Cazafortunas... mentirosa... *ladrona*...

Había conseguido escapar por los pelos y se había alejado de ella sin mirar atrás, y le enfurecía saber que, por muy lejos y rápido que se hubiera marchado, ella seguía allí clavada como una espina que se manifestaba a la menor oportunidad. No había sido capaz de escapar de ella, y en modos que no podía definir con claridad, también era responsable de la inquietud que le había hecho cuestionarse la dirección de su vida. Preguntas que le habían hecho bajar las defensas como consecuencia de contemplar algo de naturaleza más permanente con una mujer que al parecer era la ideal.

Apretó las mandíbulas y volvió al ordenador intentando borrar los recuerdos de aquella bruja de pelo dorado y ojos verdes que le había hecho apartar la vista del balón. No tenía sentido resucitar el pasado. Había terminado con él. Cuando enviara al mensajero de regreso a Londres con el anillo cerraría el capítulo final con Rosalind y podría continuar con su vida como siempre.

En ese sentido, hizo lo que mejor se le daba: refugiarse en el trabajo. Transcurridos diez minutos, los pensamientos del pasado estaban donde tenían que estar: cerrados con llave y sin posibilidad de asaltarle, al menos por el momento.

Abigail Christie llegaba tarde. El conductor, un empleado de confianza de Vanessa, su jefa y dueña de la exquisita joyería en la que lady Rosalind Duval había comprado el diamante, tenía instrucciones precisas de no llegar a la mansión de Greyling más tarde de las cinco bajo pena de muerte. Desafortunadamente, aquellas instrucciones no daban margen para el doble asalto del mal tiempo y los problemas de tráfico. Habían salido de Londres con tiempo, pero los problemas empezaron en cuando llegaron a Oxford. A partir de ahí todo fue una carrera frustrante contrarreloj.

Abigail no había logrado ponerse en contacto con lady Rosalind para advertirle del retraso porque no le respondía las llamadas.

El único rayo de esperanza estaba en el hecho de que, aunque ya llegaban dos horas tarde, por fin habían dejado la mayor parte del atasco atrás, y aunque los caminos rurales que llevaban a la mansión de Greyling estuvieran a oscuras y fueran realmente traicioneros dadas las condiciones meteorológicas, su destino estaba ya al alcance de la mano.

Le entregaría el anillo a lady Rosalind, le haría firmar

lo más rápidamente posible y se marcharía sin más dilación.

Sin duda Rosalind Duval estaría esperando con ansia su llegada y se alegraría tanto de verles marchar como ellos de salir de la mansión de Greyling, que estaba enterrada en lo más profundo del corazón de Costwolds.

Nada de descansar un poco antes de emprender el viaje de vuelta. Nada de conversación educada con el señor de la mansión ni tener que lidiar con los señoritos que se hubieran reunido antes de la gran fiesta y quisieran ver el magnífico anillo de compromiso. Iban muy retrasados. Y eso le causaba un gran alivio, porque la perspectiva de volver a mojarse los pies en las aguas de aquel mundo de superricos era algo que la hacía sentirse físicamente enferma.

Había revivido los peores recuerdos de la falta de escrúpulos que podían tener las personas que vivían en ese mundo. Ella había sentido un desastroso roce con cómo vivía la otra mitad y no le corría ninguna prisa volver de visita.

De hecho había intentado por todos los medios no tener que llevar aquel anillo, para empezar porque ella no se había encargado de la venta. Había visto a Rosalind solo pasar, pero el momento le venía mal a Vanessa y Rosalind, que al parecer era la típica joven rica que chasqueaba los dedos y esperaba que todos cumplieran sus deseos, había fijado una fecha para la entrega y se negaba a moverla.

Y además había otras razones por las que Abigail pensaba decirle a Hal, el conductor, que no apagara el motor mientras ella salía a toda prisa, hacía todo lo necesario y volvía.

Consultó el móvil por cuarta vez en menos de una hora en busca de alguna comunicación por parte de su amiga Claire, pero la conexión a Internet había empezado a fallar en cuanto tomaron la primera carretera rural y no había mejorado al entrar en el corazón de Costwolds.

Abigail exhaló un suspiro de frustración, se reclinó y observó pasar el oscuro escenario que la rodeaba. Había algo tenebroso en el velo de nieve cayendo incesantemente sobre el paisaje negro como la tinta, asentándose sobre los campos abiertos. Estaba acostumbrada a la polución y los sonidos constantes de la ciudad. Ahí fuera se sentía como en otro planeta, y no le gustaba porque le hacía pensar en Sam, su hijo de diez meses que estaba en Londres, y en el hecho de que estaría dormido cuando ella lograra llegar a su casa.

Y siguiendo aquella idea empezó a pensar en el tiempo, empezó a preguntarse si eran imaginaciones suyas o la nieve era más copiosa. Era difícil saberlo con aquella oscuridad, ¿Y si los caminos quedaban impracticables? Ahora mismo parecían estar bien, pero, ¿y si no podía volver a Londres? Tendría que encontrar un hostal por algún lado, y eso implicaría dormir fuera. Nunca había pasado una noche separada de Sam. No podía imaginar despertarse por la mañana sin el sonido de sus gorgojeos y de su llanto de protesta hasta que lo tomaba en brazos para darle el biberón de la mañana.

Sumida en sus pensamientos, volvió al presente cuando el coche ralentizó la marcha, atravesó unas impresionantes puertas de hierro y enfiló por un camino flanqueado por árboles e iluminado por unos cuantos farolillos. Era muy bonito y muy romántico, pero cuando se acercaron a la mansión georgiana sintió una punzada de incomodidad.

El lugar parecía deshabitado aparte de un par de coches situados en el patio circular. La mayor parte de la casa estaba a oscuras, y le pidió a Hal que volviera a comprobar la dirección para asegurarse de que era la correcta.

–Será mejor que vengas conmigo –dijo vacilante.

Hal apagó el motor y se giró para mirarla con expresión seria.

–Si esto es una fiesta de compromiso me corto las venas –afirmó con su tono directo habitual–. He visto más vida en los cementerios.

–No digas eso. Tengo un anillo que entregar. Vanessa se llevaría un disgusto si por alguna razón no se realiza la venta.

Hal la sonrió con cariño.

–Seguramente la acción empezará mañana. Es cuando se va a celebrar la fiesta, ¿verdad? Seguramente la feliz pareja estará relajándose y disfrutando de un poco de paz antes del gran día que les espera.

Diez minutos más tarde, Abigail descubrió que aquello no podía estar más alejado de la realidad.

Leandro se había despejado completamente la cabeza del lío catastrófico que le esperaba cuando regresó de Nueva York. Esa era la alegría del trabajo. Lo ponía todo en perspectiva. Era un mundo en el que todo estaba claro y todo tenía una solución. Ahora, cuando Julie asomó la cabeza por la puerta para informarle de que el último eslabón del «lío» había llegado con el fatídico anillo, Leandro se vio obligado a enfrentarse al último obstáculo para poder dejar aquel asunto atrás.

Por suerte tenía un estado mental mejor. Rosalind había gritado y pataleado, furiosa porque alguien le hubiera estropeado los planes por primera vez en su vida. Le había amenazado con la exclusión social, y en aquel punto Leandro cometió el error de reírse. También se puso como una fiera cuando le sugirió que estaría mejor sin él porque no tenía las reservas de energía ni la paciencia para ofrecerle la atención que requería.

Ni tampoco tenía el menor interés en tener hijos, añadió. De hecho no se le ocurría pensar en nada peor.

Rosalind sacó lo peor de sí misma, y Leandro tuvo la
sensación de que cuando se le pasara la furia encontraría
alivio criticándole a sus espaldas y pintando el cuadro
que hiciera falta para que ella se fuera de rositas.

Por su parte, enfrascarse en el trabajo lo había puesto
todo en perspectiva.

No entendía qué le había llevado a imaginar que pudiera haber algo más importante. El recuerdo más per-
sistente de sus padres era el de dos personas mimadas y
ricas atrapadas en una espiral de hedonismo, incapaces
de crecer y desde luego de cuidar del hijo que habían
concebido por accidente. Y menos todavía con la llegada
de Cecilia unos años más tarde, otro accidente. La tarea de
cuidar de su hermana, mucho más pequeña, había caído
sobre sus hombros a muy temprana edad. Leandro había
aprendido que el tumulto de emociones y de caos que
podía generar no era para él. Desde muy tierna edad
asumió una sana aversión al desorden y los sucesos.

Cuando era adolescente se sumió en los estudios, de
los que solo salía para comprobar que su hermana estuviera bien. De adulto, el trabajo reemplazó a los estudios, y cuando sus padres murieron víctimas de su estilo de vida irresponsable y salvaje en una carrera de
lanchas motoras nocturnas, el trabajo se convirtió en
algo todavía más importante porque tenía que recuperar
lo que quedaba de las finanzas familiares. No hubo
tiempo para relajarse. El trabajo siempre había sido la
fuerza más importante en la vida de Leandro. El histe-
rismo de Rosalind se lo había confirmado.

Le había dicho a Julie que llevara al mensajero a la
sala de estar más pequeña, la que tenía menos rastros
de la fiesta que ya no se iba a celebrar. Se dirigió hacia allí con la mente todavía puesta en la propuesta

empresarial que estaba leyendo antes de que lo interrumpieran.

Con el alma en vilo, porque sabía que algo iba mal y la salida rápida que tenía pensada hacer ahora parecía imposible, Abigail permanecía sentada en la butaca de la sala en la que la habían metido como si fuera un paquete no deseado.

Le habían dado a entender que Rosalind no estaba allí. Hal esperaba en la cocina, donde le iban a dar algo de comer, y ella tenía que esperar al señor de la casa en aquella sala, donde confiaba que se haría cargo del anillo.

Escuchó unos pasos aproximándose por el suelo de mármol y se puso de pie. Ya tenía pensado lo que iba a decir sobre volver a Londres urgentemente antes de que el tiempo empeorara.

Lo que estuviera pasando allí no era problema suyo. Había llegado a esa conclusión. Había hecho su trabajo, y si la pareja de enamorados había tenido una pelea, eso no tenía nada que ver con ella.

No sabía qué o a quién esperar. Rígida por la tensión, con la caja de metal que contenía el anillo apretada contra el pecho, Abigail pensó durante unos segundos que los nervios le habían jugado una mala pasada y veía alucinaciones.

Porque era imposible que los pasos que había escuchado anunciaran la llegada de aquel espécimen de un metro noventa cargado de masculinidad. No podía ser que aquellos ojos color miel tan familiares estuvieran ahora cargados en ella. Era sencillamente imposible. Leandro Sánchez no podía estar en el umbral de aquella puerta.

Abigail no podía apartar los ojos de él. Era su peor pesadilla y su más profunda y oscura fantasía hecha realidad, así que parpadeó con la esperanza de que aquella visión desapareciera. No lo hizo. Permaneció donde estaba, un macho alfa de una belleza tan tentadora que la dejó sin respiración. La había dejado sin respiración la primera vez que lo vio, un año y medio atrás. A lo largo de las semanas que duró aquella tórrida aventura amorosa, el impacto no se había suavizado.

Era la clase de hombre con el que soñaban las mujeres. Piel aceitunada, ojos color miel y un atractivo sexual eléctrico. Era alto, delgado y musculoso, y Abigail estaba convencida de que podría recordar cada músculo y tendón de aquel fabuloso cuerpo.

Nunca pensó que volvería a verle, no después de todo lo que había pasado. Y cuando el horror de aquel encuentro accidental cobró sentido, la habitación empezó a darle vueltas. Sintió náuseas y se tragó la bilis, pero no consiguió evitar balancearse. Las piernas le fallaron y supo que iba a desmayarse antes de dar contra el suelo.

Volvió en sí en uno de los sofás color crema que daban a la ventana por la que unos segundos atrás había estado mirando y cuando se incorporó vio que Leandro había acercado una butaca al sofá y estaba sentado mirándola.

–Bebe esto –le puso en la mano una copa de brandy y la obligó a dar un sorbo. Tenía la mirada fría y resguardada, la mano firme, la voz controlada.

Nada en su gesto expresaba el profundo impacto que había supuesto entrar en la sala y encontrarse cara a cara con la única mujer que se había metido bajo la piel y se negaba a moverse de allí. Y como si eso no fuera lo bastante preocupante, le enfadó darse cuenta de que su capacidad para recodar era de lo más precisa, porque Abigail era tan exquisita como la recordaba.

Tenía el pelo igual de colorido y parecía que igual de largo, aunque en aquel momento lo llevaba recogido en un moño formal. Los ojos eran tan verdes como los recordaba, verdes con motas doradas que solo se hacían visibles cuando te tomabas el tiempo de mirar de verdad, algo que Leandro había hecho. Seguía teniendo la misma figura sexy y exquisita, un cuerpo de ensueño para un hombre.

Sin que él se lo pidiera, los ojos de Leandro bajaron y se entretuvieron un rato en los montículos de sus senos apretados contra la insípida camisa blanca, y en la longitud de sus piernas ocultas recatadamente bajo unos pantalones grises. Iba vestida con ropa de tienda normal. No sabía dónde le había llevado la vida tras separarse, pero desde luego no había sido a los brazos abiertos de otro multimillonario.

–Leandro... esto no puede estar pasando... –se habría puesto de pie, pero las piernas se le habían vuelto de gelatina.

–Estás en mi casa, sentada mi sofá –Leandro se levantó y se dirigió a la chimenea, poniendo algo de distancia entre ellos. Tenía todos los nervios del cuerpo electrificados por el impacto de tenerla en su casa–. Claro que está pasando. Supongo que eres la encargada de traer el anillo, ¿verdad?

–Sí... lo soy –Abigail dirigió la mirada hacia él y la apartó al instante. Buscó la cajita de seguridad de metal y se la tendió. Leandro ignoró el gesto.

Abigail se lanzó a hablar nerviosamente y le dio una explicación rápida de por qué estaba en su casa, y durante un instante se sintió como un conejito desprevenido que se había cruzado de pronto en el camino de un depredador.

–Me temo que tu jefa ha entendido mal la situación –Leandro se giró hacia ella con los ojos entornados y se fijó en que se encogía contra el respaldo del sofá. Y no era de extrañar, pensó, teniendo en cuando que la última vez que se vieron ella se reveló como la ladrona mentirosa que era.

–¿Perdona?

–Ese anillo se compró sin mi consentimiento. Desafortunadamente, Rosalind malinterpretó la profundidad de nuestra relación.

–Pero nos dijeron que se iba a celebrar una fiesta de anuncio de compromiso...

Leandro se encogió de hombros y siguió mirándola mientras volvía a sentarse en la butaca que había sacado. Demasiado cerca para el gusto de Abigail.

–No nos entendimos –la informó con frialdad.

–Entonces, ¿Rosalind? ¿Ella...? –Abigail hizo un esfuerzo por encontrarle sentido a la situación mientras sus pensamientos continuaban dándole vueltas en la cabeza y su cuerpo se estremecía como si hubiera metido los dedos en un enchufe.

–Nunca tuve planes de casarme con ella –Leandro dejó a un lado la cuestión con cierta impaciencia. Ahora que estaba sentada en su salón, tan sexy como siempre, todos los recuerdos que había cerrado con llave salieron a escena. Recordó su tacto, los sonidos que hacía cuando la tocaba, el modo en que sus cuerpos encajaban como si fueran uno. Se había encontrado con otras exnovias y nunca había sentido nada por ellas excepto una sensación de alivio de no tenerlas ya cerca. Desde luego, nunca las había mirado y las había deseado como a ella.

Aunque sin duda ninguna relación había terminado como la suya...

Agitada y sintiéndose enjaulada, Abigail se puso de pie de un salto y empezó a caminar por la sala nerviosamente con las manos entrelazadas en la espalda. Apenas era capaz de pensar.

–Así que este viaje ha sido una completa pérdida de

tiempo. ¿Qué se supone que tengo que hacer ahora con el anillo?

«Céntrate en la razón por la que estás aquí y olvídate de todo lo demás», se dijo.

–Ya que has hecho el esfuerzo de traerlo hasta aquí, déjame echarle un vistazo. Quiero ver dónde ha ido a parar el dinero que tanto me cuesta ganar –señaló la cajita con la cabeza y Abigail extrajo el anillo con dedos temblorosos. Observó cómo Leandro lo sostenía y lo observaba bajo la luz.

–No es mi problema que hayas roto tu compromiso con lady Rosalind –dijo con tono inseguro.

–Yo no he roto nada. Nunca hubo ningún compromiso que romper. Compró esto por propia iniciativa porque quería atraparme. La estrategia no funcionó. Yo ya había decidido terminar con ella antes de saber nada de este ridículo plan, y eso fue exactamente lo que hice cuando volví de mi viaje al extranjero.

Abigail se estremeció, porque aquella era la parte implacable que finalmente había vislumbrado cuando su relación estalló en mil pedazos.

Pensó en Sam y de pronto se sintió abrumada por el miedo y la angustia.

–El anillo se vendió de buena fe –le dijo con tono seco, aspirando con fuerza el aire y exhalándolo despacio para tranquilizar sus nervios–. Solo necesito que firmes la entrega y entonces me marcharé de aquí.

–¿De veras? –Leandro se relajó, cruzó las piernas y se reclinó en la butaca–. ¿Por qué tanta prisa?

–¿A ti qué te parece, Leandro? –le preguntó Abigail con tono algo chillón–. La última vez que nos vimos te estabas marchando de tu apartamento, dejándome con tu hermana y creyéndote todo lo que te había dicho de mí sobre ser una mentirosa, una ladrona y una cazafortunas. Así que, lo creas o no, cuanto menos tiempo pase contigo, mejor. Si hubiera sabido que tú eras el hombre con el que se iba a casar lady Rosalind de ninguna manera habría venido hasta aquí para traerte el anillo. Pero no lo sabía, y ahora el anillo está en tus manos y lo único que necesito es tu firma antes de marcharme.

–No voy a ponerme a recordar tus mentiras y medias verdades –le dijo Leandro con calma–. En cuanto al anillo... puede que decida quedármelo... o no.

–¡Tienes que hacerlo! –jadeó ella–. Vanessa acaba de hacerse con el negocio de su padre y esta venta es un gran punto a su favor. Había mucha competencia entre otros compradores para hacerse con este diamante en particular.

–No es mi problema, aunque ahora que sacas el tema, es curioso que hayas conseguido tener un trabajo en el que se maneja joyería carísima. ¿Sabe tu jefa que eres una persona con las manos muy largas?

–¡No tengo por qué quedarme aquí a escuchar esto!

–Oh, creo que sí. ¿O has olvidado que necesitas mi firma? –Leandro cerró la caja con un clic brusco–. Creo que me lo quedaré –decidió de pronto–. Como inversión. Me hará ganar dinero. Y ahora siéntate.

–Tengo que irme.

Leandro observó con ojos entornados cómo consultaba el reloj con cierto pánico.

–He tardado mucho más en llegar de lo que esperaba –dijo Abigail al ver que se hacía un silencio–. Deberíamos haber llegado al menos dos horas antes, pero el tiempo... Tenía pensado estar de regreso en Londres a las ocho y media. Tengo que irme, de verdad...

–¿Por qué? –preguntó Leandro con tono suave–. ¿Vas a perder tu zapatito de cristal? ¿El carruaje se convertirá en calabaza? No llevas anillo de casada, así que doy por hecho que no tienes a Don Perfecto esperándote en casa. ¿O sí? –la idea de que hubiera un hombre en la vida de Abigail le provocó una inesperada punzada de posesión.

Pero, ¿por qué darle vueltas al asunto? Se le había metido en la cabeza como un zumbido y la verdad era que todavía la deseaba. No tenía sentido, porque ella representaba todo lo que odiaba. Pero por alguna razón que no podía llegar a entender, todavía le excitaba. Había estado con algunas de las mujeres más bellas del mundo y ninguna le había llegado tanto como aquella.

Le enfurecía pero no podía negarlo.

Seguía metida en su sistema como un asunto sin terminar, y solo había un modo de librarse de ella de una vez por todas.

Bajó la mirada y sintió la punzada de satisfacción de haber tomado una decisión. Sería un insulto al destino, que había decidido volver a ponerlos juntos, no aprovechar la situación.

–Si hay alguien en mi vida o no, no es asunto tuyo, Leandro –agitada, Abigail se puso de pie, retándole a que la detuviera–. Y ahora, si me disculpas, Hal me está esperando en la cocina. Iré a buscarle y nos iremos. Nos ha llevado horas llegar hasta aquí, y seguramente tardaremos lo mismo en regresar. Además, yo...

–¿Tú, qué?

– Nada –murmuró ella–. Tengo que irme ahora.

–Por supuesto, aunque... –Leandro señaló con la cabeza hacia la ventana–. Tal vez quieras reconsiderar esa decisión. Si miras fuera verás que las condiciones meteorológicas que retrasaron tu viaje han empeorado bastante. Si te vas de aquí es posible que acabes en una cuneta en cualquier lado. Es lo que tienen las carreteras rurales, son muy pintorescas en verano pero completamente mortales en invierno cuando el tiempo decide empeorar.

Abigail palideció y siguió la dirección de su mirada,

luego se acercó ansiosa a la ventana y miró hacia fuera. Los copos caían rápidos y gruesos. El extenso terreno de la finca estaba ya cubierto de blanco. Era precioso. Y también, pensó angustiada, virtualmente impracticable.

–No puedo quedarme aquí. ¡Tengo que volver!

–Como tú quieras. Pero tal vez deberías tomar una decisión conjunta con tu conductor.

–¡Tú no lo entiendes! Tengo que regresar a Londres esta noche.

–No vas a ir a ninguna parte –afirmó Leandro–. La nieve va a ir a más. Tal vez quieras poner tu vida en peligro con tu desesperada necesidad de volver a la ciudad, pero tienes que pensar en el conductor. Sinceramente, lo que decidas hacer con tu vida es cosa tuya, pero no quiero ser responsable de ningún accidente que pueda sucederle a tu conductor. Me aseguraré de que le den de comer y le acomoden en una de las suites de invitados para pasar la noche. Mañana seguro que las condiciones han mejorado.

Abigail estaba a punto de llorar, pero no había nada que pudiera hacer.

–No tengo señal en el móvil –le dijo derrotada–. Necesito hacer una llamada.

Leandro no dijo nada, pero estaba pensando a toda velocidad. ¿Un hombre? No un marido, pero, ¿quizá un amante? ¿Quién si no? ¿Y eso le retendría? La deseaba, pero no sabía si era recíproco.

Tenía una única noche, pensó con satisfacción. Y eso debería ser más que suficiente para acabar con aquella ansia de una vez por todas. Pronto lo sabría.

Capítulo 2

ABIGAIL esperaba que Hal se mostrara igual de alarmado que ella al verse atrapado en la mansión de Greyling para pasar la noche, porque era un hombre casado con tres niños pequeños. Pero parecía encantado de no tener que regresar a Londres.

–Las carreteras son muy traicioneras –dijo acomodándose frente a la bandeja de comida que la asistenta de Leandro le había preparado–. No quisiera arriesgarme a conducir en ellas. Y además, hace meses que no salgo de Londres.

Mientras se daba al festín que le habían preparado con Julie asintiendo de manera aprobatoria ante su voraz apetito, Abigail jugueteó con su comida, preocupada. Al menos había conseguido hablar con su amiga Claire, que estaba cuidando de Sam, y le había dicho que se quedaría con él sin problemas hasta que ella volviera.

–No llegaré más tarde de la hora de comer –le había susurrado Abigail en voz baja porque estaba hablando desde el teléfono fijo y temía que Leandro escuchara su conversación detrás de la puerta–. No me importa cómo esté el tiempo. No pienso quedarme aquí.

–Sé que echas de menos a Sam –dijo su amiga para tranquilizarla–, pero es mejor que esperes y vuelvas cuando sea seguro en lugar de arriesgarte. Te prometo que cuidaré muy bien del pequeño.

Abigail sabía que lo haría. Había conocido a Claire

en las clases de preparación al parto a las que habían asistido juntas, y habían conectado enseguida. Las dos eran jóvenes, solteras y estaban embarazadas. Claire trabajaba en la guardería del barrio, y gracias a ella Abigail consiguió apuntar a Sam. Y por mucho que odiara tener que dejarlo con solo cuatro meses, se veía obligada a hacerlo para trabajar y tener un techo para ambos. Saber que Claire estaba allí, cuidando de él como de su propio hijo, había ayudado mucho. Del mismo modo, Vanessa le había dado trabajo cuando más lo necesitaba.

Claire no tenía ni idea de dónde estaba Abigail ni tampoco entendía por qué necesitaba marcharse tan desesperadamente.

Hasta el momento había inspeccionado el tiempo una docena de veces durante las dos últimas horas. Estaba amainando un poco, pero no lo suficiente. No había sido capaz de probar un trozo de comida, pero agradecía que Leandro hubiera desaparecido en las entrañas de la casa. Cabía la posibilidad de que no volviera a verle de nuevo, pero sabía que eso no crearía una gran diferencia respecto a la arremetida de recuerdos, dolor de corazón y recelos que habían salido a la superficie como los restos de un naufragio.

Por supuesto, el pasado no podía olvidarse, pero ahora la costra que se había formado alrededor se había levantado para dejar al descubierto la herida de debajo.

Cuando Hal se fue a sus aposentos, tan contento como un huésped privilegiado de un hotel de cinco estrellas, Abigail se quedó en la cocina con su taza de café, recordando el pasado que había intentado dejar atrás.

Podía recordar el momento exacto en el que alzó la vista y vio a Leandro delante de ella, tan increíblemente guapo que se le secó la boca y todos los pensamientos volaron de su cabeza. En esa décima de segundo se olvidó del trabajo que acababa de perder, del incierto futuro que tenía delante, de la última sonrisa lasciva de su exjefe a su costa al insinuar en sus referencias que la habían despedido por robar. Había rechazado sus insinuaciones, había permitido que se le notara la repulsión y había pagado el precio.

Se sentía al fondo de un pozo. Todos los esfuerzos que había hecho por levantarse y salir de un pasado plagado de casas de acogida y adultos indiferentes había sido en vano.

Entonces sintió una sombra, alzó la vista y allí estaba él, tan alto, taciturno y guapísimo. Por primera vez en su vida, Abigail descubrió el significado de la química sexual.

Había pasado tantos años disimulando su aspecto, diciéndose que nunca permitiría que nadie entrara en su vida porque solo querían tener sexo con ella y defendiéndose de los acercamientos desde los trece años, que no estaba preparada para descubrir que la atracción sexual no tenía tiempo para discursos motivacionales ni sermones.

Lo cierto era que a la atracción sexual le importaba un comino su decisión de no meterse nunca en la cama con un hombre que solo la quisiera por su cuerpo y poco más. Su madre había sido ese tipo de mujer antes de que una sobredosis acabara con su vida. Abigail sabía que nunca acabaría vendiéndose del modo en que lo había hecho su madre. Desgraciadamente, el poder de esa misma atracción sexual que había tenido tan bajo control se negó a obedecer sus normas. Salió disparado de la casilla en la que estaba como un caballo en una carrera.

Leandro no se había andado por las ramas. Le dijo con naturalidad que era casi la hora de comer y que conocía un restaurante italiano muy agradable justo en la esquina. No se molestó en envolver con papel bonito lo que quería. Le dijo durante la comida que le había dejado impresionado. También le dejó claro que no quería ningún compromiso pero que la deseaba y que se iba a ir Nueva York. Consultó el reloj con naturalidad y le dijo que quería llevársela con él, pero que tenía que decidirlo allí mismo porque su jet privado despegaba en tres horas.

La miraba con deseo no disimulado, pero todo en él le decía que si elegía no seguirle no intentaría detenerla.

Leandro era todo lo que no buscaba, pero Abigail dejó a un lado todos y cada uno de sus principios y se fue con él. Dejó que le arrastrara a su mundo de chóferes, hoteles de cinco estrellas y todos los deseos cumplidos con un chaquear de dedos. Leandro trabajaba durante el día e insistió en que se comprara un nuevo guardarropa y todo lo que le apeteciera en cualquier tienda porque el dinero no era un problema.

Ella protestó, pero aprendió que Leandro ignoraba lo que no quería escuchar, y no había querido escuchar sus objeciones.

—Nunca he permitido que la mujer que estuviera conmigo pagara nada –le había dicho desnudándola muy despacio–. Y no voy a cambiar de costumbre ahora.

Leandro le ofrecía sexo sin ataduras y eso fue lo que ella aceptó, hambrienta de él de un modo que la había dejado impactada más allá de las palabras. Vivían para el momento y, aunque Abigail no le mintió respecto a su pasado, tampoco le habló de él. En algún momento tuvo la sensación de que eso le alejaría y no quería que sucediera.

Cuando una semana se convirtió en dos y luego en tres, y cuando Leandro decidió de pronto tomarse un respiro con ella en los bosques de Canadá, Abigail empezó a confiar en que lo que había empezado como sexo pudiera terminar como algo más.

Pero entonces todo salió mal, y ocurrió muy deprisa. Primero estaba soñando cosas imposibles, y un instante después la hermana de Leandro entró en escena y en cuestión de tres días todos sus sueños se habían convertido en ruinas y fue expulsada de su apartamento de Manhattan sin contemplaciones.

Leandro no había disimulado la clase de tipo sin escrúpulos que podía ser en lo referente a las mujeres, pero en lugar de escuchar, Abigail decidió ignorar lo que estaba escrito con letras mayúsculas porque primero se sintió irresistiblemente atraída por él y luego se enamoró completamente.

Abigail miró hacia la distancia. No había corrido las cortinas de la cocina y podía ver que, aunque la nieve no estaba haciéndose más copiosa, seguía cayendo, brillante y bonita cuando la iluminaban las luces que rodeaban la casa.

—Entonces... —dijo una voz familiar a su espalda.

Sobresaltada, Abigail vio el reflejo de Leandro en el cristal de las puertas del balcón por las que había estado mirando. Se había puesto unos vaqueros negros y una sudadera y estaba descalzo. Aunque fuera estuviera helando, aquella mansión de campo estaba perfectamente aclimatada. El corazón le dio un vuelco y se le secó la boca cuando se giró despacio hacia él.

—Veo que has decidido quedarte en lugar de enfrentarte a la nieve para poder salir de aquí. Sabia decisión.

—Creía que te habías ido a la cama —dio Abigail nerviosa. Fue lo primero que se le pasó por la cabeza.

—Querrás decir que *confiabas* en que me hubiera ido a la cama. ¿Por qué? —Leandro se acercó a una bandeja de fiambre, se preparó un sándwich y se sirvió una copa de vino. Le ofreció una ella, pero lo rechazó.

Abigail le miró impotente al ver que se sentaba en la mesa de la cocina. Recordó la manera en que su presencia física podía afectarla. Había olvidado hasta qué punto.

–Me resulta raro estar aquí –reconoció dejándose caer finalmente en una silla frente a él y viéndole comer.

Leandro no dijo nada. Le parecía que «raro» no cumplía ni la mitad de la mitad, pero la mano del destino trabajaba de maneras misteriosas, y no se sentía incómodo en absoluto con la situación.

De hecho las cosas parecían muy claras. Mucho más claras que cuando estaban juntos un año y medio atrás.

En aquel entonces se encontró por primera vez en su vida en una situación en la que el juego normal había quedado interrumpido. Las normas que siempre había aplicado a su vida habían quedado en el asiento de atrás. Antes incluso de que su hermana Cecilia hablara, Leandro sabía que la relación estaba entrando en un territorio inexplorado. Cuando vio por primera vez a Abigail supo que la deseaba. El deseo le había atrapado de manera rápida y dura, y como él nunca ignoraba las exigencias de su libido, había hecho lo que siempre hacía sin andarse por las ramas ni con cortejos. La encontró atractiva y quería acostarse con ella. Una ecuación muy simple.

No se le ocurrió pensar que fuera virgen y se preguntaba ahora si eso no habría marcado el inicio de aquellos sutiles cambios que le habían atraído y aterrorizado al mismo tiempo.

Abigail se mostró reservada respecto a su pasado y él no la presionó para que le diera detalles, quería agarrarse instintivamente a cualquier sitio sólido que pudiera. No quería empezar con ella el juego de las confidencias, que inevitablemente llevaría a la típica situación empalagosa que le resultaba un gran fastidio. Decidió mantenerla a distancia porque podía sentir la irresistible atracción, y en su subconsciente aquella le pareció la mejor manera de luchar contra ello.

Se dijo a sí mismo que no sentía ninguna curiosidad, pero, aunque había tratado de mantenerla alejada, quería saber todo sobre ella.

Tal vez su hermana había notado algo en el modo en que hablaba con Abigail por teléfono. ¿Qué otra razón había para que hubiera escarbado en su basura? Leandro sabía que Cecilia era posesiva y siempre lo había consentido y lo había entendido. Él había sido su ancla desde que nació. Pero eso no impidió que se pusiera como una furia cuando su hermana entró en su apartamento de Manhattan agarrando la prueba del pasado de Abigail, retándole a que siguiera viendo a una mujer que, aunque no fuera una mentirosa completa, desde luego había ocultado la verdad. ¿Y qué razón habría a no ser que fuera una cazafortunas que estuviera jugando a largo plazo? Leandro había dejado atrás la relación sin mirar atrás. El problema estaba en que su cuerpo no había conseguido olvidarla del todo.

Aquella era la razón por la que la mujer se había quedado dentro de la cabeza. Y por eso al mirarla ahora podía sentir aquel lento arrebato de deseo en su interior.

Era un asunto sin terminar y todavía la deseaba. Las rubias, y finalmente Rosalind, no habían sido más que una tirita pegajosa sobre un corte abierto que ahora se había arrancado. Solo había una manera de curar ese corte, y era dormir una última vez con la mujer que le había causado el daño.

Las cosas eran distintas ahora. Sabía quién era Abigail. Hubo una vez en la que casi se creyó que era la persona que fingía ser, pero eso fue entonces. Ahora ya no corría peligro de dejarse arrastrar por nada.

—Solo resulta raro si insistes en sacar el pasado —afirmó Leandro—. Personalmente soy partidario de dejar el pasado atrás –se encogió de hombros–. No me interesa hablar de por qué hiciste lo que hiciste.

–Yo no hice nada –murmuró Abigail en tono enfadado–. De acuerdo, no te hablé de mis orígenes porque no quería que te alejaras. ¿Por qué te resulta tan difícil de entender? Soy un ser humano. Tú eras todo lo que yo no era y no podía creer que hubieras siquiera mirado hacia mí. No quería estropear el momento, y luego... las cosas empezaron a ponerse serias y nunca encontré el momento de sentarte y contarte que tal vez tuvieras una idea equivocada respecto a quién era yo...

Leandro se puso rojo.

–Las cosas se pusieron serias para ti –la corrigió con frialdad.

Abigail asintió.

–No voy a fingir que no fue así –reconoció–. Sentía algo por ti, y cuanto más sentía, más duro me parecía hablarte de mí, de mis casas de acogida y de lo que fue criarme en ellas.

Su voz se había convertido en un susurro, pero Leandro se resistió a sentir ninguna simpatía por ella. No se la merecía, y desde luego que él habría visto las cosas de otra manera de haber sabido lo desesperada que estaba por conseguir dinero. En lo único que no había mentido fue en su falta de experiencia sexual, y él se preguntó después si no habría estado reservándose hasta que apareciera el multimillonario adecuado que pudiera elevarla al estatus que consideraba que se merecía. Desde luego se había sentido como pez en el agua en la vida de los ricos.

–Y qué golpe de mala suerte –murmuró Leandro con voz pausada–, haber terminado intentando conseguir un trabajo en uno de mis hoteles. En cuanto Cecilia supo dónde nos habíamos conocido no le costó trabajo tirar del hilo y descubrir que no pudiste conseguir el empleo por las referencias que dio tu antiguo jefe.

–Mintió –Abigail trató desesperadamente meses atrás de hacerle entender aquello cuando su hermana se enfrentó a él en su apartamento, pero ahora estaba cansada de repetir una y otra vez lo mismo. Si entonces no la escuchó, tampoco lo haría ahora. De hecho ahora le tendría más manía que antes porque entonces al menos eran amantes, y sin duda eso contaría algo.

–Por supuesto –Leandro continuó en el mismo tono–. Aunque si yo fuera tú no me pondría demasiado moralista considerando tu posición en el terreno de las mentiras...

Abigail apartó la mirada.

–Y luego estaba aquel incidente que descubrí sobre un robo en una tienda por el que recibiste un aviso durante tus locos años de juventud.

Abigail le lanzó una mirada furibunda y palideció, porque aquello era nuevo para ella.

–¿Qué? ¿Me investigaste *después* de que rompiéramos?

–Llámalo curiosidad –porque una parte de él quería creerla. No podía aceptar haber sido tan duro, pero nunca había sentido por ninguna mujer lo que terminó sintiendo por ella. El recuerdo de aquella vulnerabilidad le llenaba de frustración y de rabia.

–Recuerdo aquel incidente –dijo Abigail con voz suave. Se le habían nublado los ojos–. Solo tenía doce años, y en aquel entonces estaba desesperada por encajar. Me acababan de trasladar a otra casa de acogida, y... –suspiró–, sabía que las chicas no me iban a aceptar.

Por su aspecto. Siempre era lo mismo. Su rostro atraía demasiada atención y, dadas sus circunstancias, llamar la atención no era algo bueno.

–Aquella mañana fuimos al centro comercial. Yo fui con ellas, feliz de que me hubieran invitado a formar parte del grupo. Cuando llegamos allí me di cuenta de que la única razón por la que me habían llevado era reírse de mí. Me desafiaron a robar bisutería barata en una de las tiendas. Creían que no sería capaz, y seguramente por eso lo hice.

Abigail lo miró con gesto arrepentido.

–Lo hice fatal. No pude ser más obvia. Por supuesto, me pillaron en cuanto salí de la tienda, me llevaron a la comisaría y me trataron como una vulgar delincuente. Y ni siquiera sirvió de nada, porque cuando volví a la casa me siguieron apartando y rechazando. Pero aprendí la lección, y esa es una de las razones por las que no he vuelto a robar jamás.

Leandro se dio cuenta de que no le gustaba pensar en ella como una niña en la comisaría, seguramente confundida y asustada. De hecho deseó encontrar al policía que se la había llevado y golpearlo, lo que suponía una reacción tan absurda que casi se echó a reír.

Cayó en la cuenta con claridad meridiana de que tal vez ambos vinieran de ambientes completamente distintos, pero tenían más en común de lo que ninguno de los dos podría pensar.

Leandro frunció el ceño al darse cuenta de que estaba muy sumido en sus pensamientos, así que se relajó apoyando la espalda en el respaldo de la butaca, llenó la copa de vino y la miró con intensidad.

–Como te he dicho, no se gana nada recorriendo el camino de la memoria. Dime qué has estado haciendo desde que nos separamos.

Abigail se quedó paralizada. Se humedeció los labios nerviosamente y tuvo que hacer un gran esfuerzo para no apartar la mirada, porque eso habría sido una señal de conciencia culpable, y ella *no* tenía conciencia culpable.

–Con... conseguí encontrar el trabajo que ahora

tengo –se aclaró la garganta y lo miró con toda la serenidad que pudo–. Cuando volví a Londres estaba sin trabajo, como tú sabes, así que me fui a un café para intentar pensar en qué iba a hacer. No sabía quién iba a contratarme con las referencias de mi antiguo jefe. ¿Quién iba a creerme a mí? En cualquier caso, cuando estaba tomándome un café llegó Vanessa y no quedaban mesas libes, así que me preguntó si podía sentarse conmigo. El resto es historia, por decirlo de alguna manera.

Abigail lo miró con sarcasmo y luego dijo con cierta satisfacción:

–Le hablé de mi pasado y de las mentiras que se habían contado sobre mí y me creyó. Me ofreció un empleo de prueba y salió de maravilla. Parece que se me da bien vender cosas, incluida la alta joyería. Y nunca he sentido la tentación de meter nada en el bolso para llevármelo a casa –añadió sin poder evitarlo.

–¿Y de hombres? –Leandro decidió que había llegado el momento de dejar a un lado aquel tema, no tenía intención de seguir indagando en él. Lo hecho, hecho estaba.

Abigail se sonrojó delicadamente.

–Creo que es hora de que me acueste. Estoy cansada. Quiero descansar bien porque mañana quiero salir a primera hora, y si el tiempo sigue sin acompañar, entonces Hal y yo tendremos que arriesgarnos.

Abigail se puso de pie y se atusó el traje, que le resultó inapropiado porque ya no estaba allí por trabajo. Tenía el abrigo arriba, en la suite en la que la habían instalado, un espacio suntuoso que parecía tan grande como un campo de fútbol. También estaban arriba su bolso y el ordenador portátil de la empresa que había llevado con ella. No tenía ni idea de qué había hecho Leandro con el anillo. Tal vez se lo quedara para su futura esposa.

–¿Ha habido otros hombres?

Abigail contuvo el aliento. Leandro se levantó y acortó la distancia que había entre ellos. Ella se colocó las manos a la espalda porque tuvo que luchar contra el impulso de ponerlas en su amplio pecho y sentir sus músculos bajo la sudadera negra. Quería regresar atrás en el tiempo, pero eso era imposible.

Pensó en Sam durmiendo inocentemente en su cuna en Londres y en la serie de decisiones que había tomado cuando descubrió que estaba embarazada. El miedo amenazó con engullirla. Miedo y culpabilidad, porque aunque en su momento sintió dudas sobre si había tomado la decisión correcta al no contarle a Leandro lo del embarazo, le resultó relativamente fácil vivir con aquella decisión porque significaba que podía dejar su relación en el pasado. En su cabeza mantuvo abierta la opción de ponerse en contacto con él en algún momento del futuro, pero había vivido para el presente, así que aquel punto futuro se quedó en pura teoría.

Pero el futuro había irrumpido en el presente, poniendo en entredicho la decisión que había tomado y llenándola de miedo al sentir lo cerca que estaba ahora de un encontronazo que podría salirse de madre.

No permitiría que eso sucediera. Tal vez ahora pudiera replantearse las decisiones que había tomado, pero lo haría con calma y serenidad. Se relajó un poco al pensarlo y reflexionó sobre la pregunta de Leandro. ¿Un hombre en su vida? Le dieron ganas de soltar una carcajada, porque entre el trabajo y la maternidad, apenas tenía tiempo para respirar, así que mucho menos para las complicaciones de una relación. Ni tampoco se había sentido tentada.

–No, Leandro –le dijo con frialdad–. No volví a Londres y me puse a buscar rápidamente tu sustituto. He estado muy ocupada con el trabajo.

–¿Y sin tiempo para volver al mercado del amor? –murmuró él.

–No como tú –Abigail no pudo resistirse. Leandro no solo había vuelto al mercado, sino que había tenido una relación con una mujer que la había llevado a creer que el matrimonio estaba sobre la mesa. Se dio la vuelta, furiosa consigo mismo por sentirse herida y celosa.

–Pero no funcionó –dijo Leandro con tono suave. Extendió la mano y le agarró la muñeca. Le acarició la piel con el pulgar y Abigail sintió deseos de gemir y apartar la mano, pero no hizo ninguna de las dos cosas. Se quedó paralizada.

–¿Quieres saber algo? –le preguntó él sin dejar de acariciarla–. He entendido la razón cuando te he visto hoy, Abby.

–No sé de qué estás hablando –balbuceó ella.

Leandro esbozó una sonrisa pícara.

–Sí, claro que lo sabes –la corrigió con dulzura–. Puedo sentir cómo estás temblando ahora. Sigues dentro de mí. No tiene ningún sentido, porque eres la última mujer con la que debería estar interesado en acostarme, pero así es. ¿Crees que se debe a que terminamos en unas circunstancias... extrañas?

Sonaba genuinamente curioso y tenía el tono calmado y neutro. De hecho Abigail tuvo que repetirse mentalmente lo que acababa de decir para asegurarse de que no lo había malinterpretado.

¡Todavía quería acostarse con ella!

Abigail giró la mano pero él se la sujetó con más fuerza, mirándolo intensamente con aquellos fabulosos ojos indolentes.

–Ahora vas a decirme que no tienes ni idea de qué estoy hablando, ¿verdad? Tal vez incluso te mostrarás horrorizada porque se me haya ocurrido sugerir semejante cosa. ¿Me equivoco?

«En lo más mínimo», pensó Abigail. Se humedeció los labios y trató de calmar su acelerado pulso. Seguía siendo el hombre más sexy que había visto en su vida, pero no se sentía atraída por él. Porque no se podía sentir atraída por un hombre que la había insultado, ofendido y no la creía. No tenía ningún sentido.

Pero la piel se le erizó y sintió una humedad entre las piernas. Se le quedó mirando hipnotizada y fascinada, atrapada por el tono bajo y meloso de su voz.

Leandro podía sentir su pulso acelerado bajo el pulgar. Tenía la piel tan suave como recordaba. Tocarla ahora le hacía recordar lo que era tocarla por todas partes, escuchar los gritos y gemidos que soltaba cuando se acercaba al orgasmo, el modo en que se retorcía debajo de él. Estaba tan excitado que tuvo que cambiar de postura para intentar controlar la incomodidad de su erección.

Dirigió la mirada hacia los labios entreabiertos de Abigail.

Ella supo que le iba a besar antes de que su boca cubriera la suya, y su cuerpo se dirigió hacia el de Leandro con la misma naturalidad instintiva con la que una flor buscaría la fuente de luz. Cuando los labios de Leandro rozaron los suyos detonaron una serie de pequeñas explosiones en su interior. Lo deseaba. Nunca había dejado de desearlo. Lo odiaba y estaba horrorizada de encontrarse allí en su compañía guardando un secreto que podría ser tan devastador como la dinamita, y sin embargo quería besarlo.

Exhaló un gemido de impotencia, lo agarró de la sudadera y tiró ansiosa de él mientras Leandro la impulsaba hacia la pared sin romper en ningún momento el contacto físico.

La tocó con manos calientes y hambrientas para sacarle la puritana camisa de los pantalones. Luego metió

la mano por debajo para cubrirle los senos y masajeár-
selos hasta que los pezones se apretaron contra el encaje en un desesperado intento de ser acariciados.

A Leandro le impresionó lo increíblemente familiar
que le resultaba su cuerpo, y más todavía lo novedosa
que le seguía resultando la experiencia. En este caso, la
familiaridad no mostraba signos de acarrear indiferencia. Quería, necesitaba más que acariciarle el pecho, y
se dio cuenta de que las manos le temblaban cuando
empezó a desabrocharle los pequeños botones de perla
de la blusa. Si hubiera tenido opción habría preferido
arrancársela porque estaba desesperado por succionar
lo que sus manos estaban acariciando. Pero tomarse su
tiempo al menos le otorgaba la ventaja de poner un
poco de control sobre su alocada libido.

Cuando por fin le desabrochó los botones le apartó
delicadamente la blusa y le levantó el sujetador para
dejar al descubierto sus generosos senos.

–Eres preciosa –dijo con tono jadeante.

Le agarró los senos con sus grandes manos y le deslizó los pulgares por los pezones, viendo cómo aquellas
puntas rosadas se endurecían bajo sus caricias. La miró.

–Te deseo tanto que me duele –confesó. Y Abigail se
estremeció porque aquello no podía ser peor y al mismo
tiempo sentía que era lo correcto–. Dime ahora mismo
que tú no me deseas también.

Capítulo 3

DESEARTE?
Abigail luchó contra el calor que le sofocaba el cuerpo y le apartó de sí, pero le temblaban las manos mientras se ocupaba en volver a colocarse la ropa.

Leandro colocó como respuesta una mano a cado lado, enjaulándola, y la miró sin pestañear.

–Sé que es vergonzoso reconocerlo –murmuró–. Pero es la verdad. Ya sé que tú no estás acostumbrada al fino arte de decir la verdad, pero personalmente creo que nunca vale la pena ignorarla. Y la verdad es que seguimos estando donde estábamos hace un año y medio... ardiendo el uno por el otro.

Esta vez Abigail soltó una carcajada.

–¿Cómo puedes llamarme mentirosa y un segundo después decirme que sigo siendo tan estúpida como para sentirme atraída por ti? –atrapada entre la pared y el muro de acero de su cuerpo situado a escasos centímetros del suyo, Abigail se cruzó de brazos con gesto desafiante y lo miró.

–Porque el deseo no tiene nada que ver con que una persona te caiga bien o no.

–¡Eso será en tu caso!

–¿Quieres que lo pongamos a prueba? Ah, acabamos de hacerlo. Y has fallado.

Abigail sintió un escalofrío en la nuca. Debería odiar de verdad a aquel cavernícola machista, pero la verdad era que Leandro lo hacía todo bien. Siempre tenía aquel aire de intensa masculinidad y seguridad en sí mismo, como si pensara que el mundo se pondría a sus pies con solo chasquear los dedos. A ella le había parecido nuevo, extraño y absolutamente excitante, aunque no podría decir por qué. Simplemente, ocurrió.

Ahora Leandro estaba mostrando una vez más aquella seguridad en sí mismo y Abigail se sentía desconcertada.

–Esto es una locura, Leandro –murmuró–. Si no hubiera sido por tu exprometida yo no estaría aquí. No habríamos vuelto a vernos.

–Me gustaría que dejaras de llamarla mi exprometida –respondió él irritado–. Esto no ha sido más que un autoengaño por su parte.

–Hacíais muy buena pareja.

–¿De verdad? No sabía que la conocieras.

–Por favor, deja de ser sarcástico, Leandro. Ya sabes a qué me refiero.

Leandro se sonrojó. En el espacio de unas cuantas semanas, Abigail se había convertido en la única mujer que nunca se había privado de decir exactamente lo que pensaba. No se había sometido a él y eso le gustaba.

–Nos estamos apartando del tema –murmuró–. Estábamos hablando de lo que pasa entre nosotros. Tú intentabas fingir que no es nada y yo estaba a punto de demostrarte que sí.

–Yo no he dicho... no he dicho que no sea *nada* –admitió Abigail–. Pero sea lo que sea, no es apropiado.

–No me importa lo que ocurriera en el pasado –mintió Leandro con tono dulce.

Le importaba mucho, pero al final, aquella era en cierto modo una situación todavía mejor. Despojado de la emoción, aquello se trataba solo de saciar el apetito físico. Era lo más natural del mundo. No tenía sentido que ella se empeñara en negar lo que resultaba obvio, y si lo hacía, entonces Leandro tendría que utilizar hasta la última munición para derribar sus defensas.

Seguramente Abigail tenía razón. Si no hubiera aparecido en la puerta de su casa, sus caminos nunca habrían vuelto a cruzarse.

Pero había aparecido, y él se había dado cuenta con un rayo cegador que todavía la tenía dentro y siempre la tendría a menos que hiciera algo al respecto.

–Pero a mí sí –afirmó Abigail con obstinación–. No tengo los mejores orígenes y fui una cobarde al no contártelo desde el principio, pero no me merecía...

Apartó la mirada. Se había sonrojado completamente, y dudaba entre reprocharle aquella ciega lealtad a su hermana que le había llevado a juzgarla sin escucharla o echar a correr lo más rápido para huir de él y de los sentimientos que había despertado.

–Da igual –murmuró mirándose los pies. El corazón le latía con fuerza dentro del pecho. Se clavó los dedos en los antebrazos mientras seguía con la mirada puesta en el suelo y Leandro la miraba con sus ojos negros y dorados.

–Mírame, Abigail –Leandro le levantó la barbilla con un dedo de modo que sus ojos se encontraron–. Yo no estaría aquí si no pensara que hay algo de inevitable en este encuentro accidental –seguía con la vista clavada en ella–. Lo que ocurrió e hizo que la historia terminara, ocurrió. Y la verdad es que en cualquier caso habría terminado en algún momento –algo se revolvió en su interior y frunció el ceño un instante–. Si te sirve de consuelo, aquello me hizo darme cuenta de lo posesiva que se había vuelto mi hermana con los años –confesó malhumorado.

–¿De veras? –Abigail abrió los ojos de par en par, porque aquello era toda una confesión viniendo de un hombre que hubiera preferido que le arrancara todos los dientes antes de admitir algún tipo de debilidad. Y reconocer que había dejado que su hermana se hiciera con el control era una forma de debilidad.

Aunque eso tampoco suponía una gran diferencia, porque tal y como él había dicho, las cosas habrían terminado de todas maneras. Se había enamorado de un hombre para quien las cosas siempre terminaban. Así que en algún momento habría alcanzado la fecha de caducidad.

—Dinámicas familiares —Leandro se encogió de hombros y se dio cuenta de lo fácil que le resultaba todavía dejarse llevar por la ilusión de que Abigail no era quien realmente era—. ¿Me dejas verte?

—¿Perdona?

Ahora que no estaba encajonada, Abigail sabía que podría terminar aquella conversación, dirigirse con buen paso a la puerta, meterse en el cuarto, cerrarse por dentro y macharse al día siguiente sin tener que volver a verle. Y, sin embargo, se escuchó a sí misma decir:

—No sé qué quieres decir.

—Quítate la camisa. Además, me espanta. Muy recatada y remilgada cuando los dos sabemos que tú puedes ser lo contrario a esas dos cosas.

—Leandro...

—Siempre me ha gustado escucharte decir mi nombre así, con ese tono ronco y jadeante.

Sus palabras eran como una caricia física que arrancara los recuerdos del lugar en el que estaban escondidos, sembrando el caos en su sentido común.

—Mi camisa no tiene nada de malo.

—Lo tiene todo de malo. Todos esos botones infernales. Tan almidonada y blanca.

—Es mi atuendo de trabajo.

—Lo odio y de verdad quiero que te la quites.

—No puedo creer que me estés diciendo eso, Leandro —pero Abigail se preguntó por qué la sorprendía tanto, cuando siempre había sido el rey de las exigencias escandalosas.

Tenía la voz tan suave como el caramelo y hacía que todo sonara muy fácil. Dos personas, sin ataduras, sin ningún pasado espinoso al que enfrentarse, reunidas por un propósito. Hacía que sonara casi como un insulto al destino no aprovechar la oportunidad de meterse juntos en la cama solo porque estaban compartiendo el mismo espacio de una manera inesperada.

Abigail todavía sentía un hormigueo en la boca por sus besos, y todo el cuerpo en llamas. Y lo peor era que Leandro lo sabía. Lo sabía porque la conocía. Le había ocultado cosas, no adrede sino por omisión, pero en realidad se había abierto a él de un modo que nunca creyó posible.

Leandro sabía todo lo que pensaba, y desde luego sabía lo que había sentido cuando la tocaba, cuando le susurraba al oído. Por eso sabía perfectamente lo que le estaba pasando y sin duda esa parte de la razón por la que parecía tener los pies clavados al suelo y su cuerpo estaba decidido a no escuchar la voz de la razón y salir rápidamente de la cocina.

–O... –su voz se detuvo de un modo seductor en aquella sílaba hasta que Abigail creyó que se le iban a destrozar los nervios–, también podría quitártela yo... ¿me dejas?

Abigail se quedó sin habla. Se limitó a mirarle fijamente y Leandro inclinó su hermosa cabeza hacia un lado.

–No me estás diciendo nada. O has decidido consentir a través del silencio o es que te dejo sin aliento. O quizá las dos cosas.

–Eres un engreído, Leandro Sánchez.

–Lo sé –admitió él–. Y créeme, es algo que estoy intentando quitarme.

–¿Cómo puedes coquetear conmigo si ni siquiera te caigo bien?

–No lo sé –respondió Leandro con más sinceridad de la que pretendía–. Dejemos de hablar,

Empezó a desabrocharle los botones que ella se había abrochado unos instantes atrás, y Abigail sintió que le temblaban las piernas mientras se lo permitía.

Las manos de Leandro le acariciaban con suavidad la piel mientras le quitaba la camisa y le desabrochaba el sujetador para quitárselo. Se acercó más a ella, y lo único que indicaba que estaba excitado era su respiración jadeante y la mirada adormilada de sus ojos.

Abigail sabía que si le tocaba por encima de los vaqueros sentiría la firmeza de su erección, y solo pensarlo hizo que sus defensas, casi inexistentes ya, se derrumbaran completamente. Inmediatamente después de aquel pensamiento surgió otro recuerdo, el recuerdo de cómo la llenaba, la oleada de sensación cuando la embestía, creando un ritmo que siempre conseguía llevarla a la cima.

Con la espalda apoyada contra la puerta de la cocina, Abigail arqueó la espalda y cerró los ojos cuando Leandro se agachó frente a ella. Había pasado mucho tiempo, y sí, había echado mucho de menos esto. Era una píldora amarga la que se tenía que tragar porque desafiaba completamente a la lógica, pero él tenía razón. Todavía le deseaba, deseaba esto aunque su relación se hubiera roto, aunque no quedara ningún cariño entre ellos, solo el mayor de los secretos, capaz de hacer estallar por los aires el mundo de Leandro.

Aquel secreto debería haberla detenido, pero para cuando la boca de Leandro le estaba succionando el pezón ya estaba demasiado perdida en un mundo de sensaciones exaltadas en el que nada importaba excepto lo que él le estaba haciendo.

Abigail le hundió las manos en el pelo y luego gimió y se echó hacia atrás cuando la boca viajera de Leandro bajó un poco más, recorriéndole el vientre y luego deteniéndose al llegar a sus serios pantalones grises, que sin duda también odiaba.

Todos aquellos pensamientos confusos le daban vueltas por la cabeza cuando Leandro le bajó la cremallera y se los bajó suavemente hasta que cayeron a sus pies.

Abigail tenía todavía los dedos enredados en su mullido y oscuro pelo, los ojos cerrados, y apenas podía respirar cuando le puso la cara contra la ropa interior y aspiró su aroma.

Leandro le había enseñado a su cuerpo el arte de hacer el amor, y recordaba cómo había reculado la primera vez que bajó ahí. No había sido capaz de imaginarse semejante intimidad, pero enseguida se hizo fan y ahora su cuerpo temblaba de anticipación al pensar en su boca y su lengua ahondando en ella. Estaba muy excitada.

La olisqueó durante unos instantes, aspirando su aroma, y luego le bajó delicadamente las braguitas y Abigail salió servicialmente de ellas. El cuerpo de Abigail le resultaba extremadamente familiar aunque Leandro registró vagamente que estaba un poco más redondeada de lo que recordaba. Aquello la hacía todavía más sexy, si es que eso era posible. Tenía las caderas más llenas y el vientre seguía siendo plano, aunque un poco más suavizado.

El mismo aroma almizclado que siempre había funcionado en él como una droga.

Le puso las manos en la cara interior de los muslos y se los separó con suavidad para lamerla, buscando el clítoris tirante y tembloroso y haciéndole cosquillas hasta que Abigail se derritió.

Quería darle placer a toda costa. Se moría por sentir cómo alcanzaba el orgasmo en su boca, así que siguió lamiéndola y succionándola hasta que sus gemidos se convirtieron en gruñidos apenas audibles porque se estaba acercando. Arqueó la espalda, todo su cuerpo se puso tenso y empezó a dar sacudidas, como si no pudiera contenerse más.

Prácticamente colapsó encima de él. El orgasmo resultó absolutamente explosivo. Ardiendo, desnuda y temblando, Abigail se colgó de él y Dios sabe lo que hubiera ocurrido a continuación si el sonido agudo del teléfono fijo no hubiera interrumpido aquel momento de completa locura. Eso fue lo que sintió Abigail con la certeza y la rapidez de un rayo.

Leandro maldijo entre dientes y fue a descolgar el teléfono de la cocina. Inmediatamente después tuvo una conversación brusca y muy irritada con alguien que parecía llamar de una empresa de cáterin.

Cuando se dio la vuelta, Abigail ya había conseguido volver a embutir su ardiente y rebelde cuerpo en la armadura del traje, aunque sabía que tenía un aspecto terrible: despeinada, los labios hinchados por sus besos y todo el cuerpo sonrojado por el orgasmo.

Se sentía fatal al pensar lo que acababa de hacer.

–¡No quiero verte así! –rechinó Leandro.

Abigail se estremeció.

–¡Esto no tendría que haber pasado nunca! –sabía cómo sonaba, y se odió a sí misma por la imagen que estaba dando, la de una mujer dispuesta a llevar a un hombre donde quería para después cerrarle la puerta en la cara una vez conseguido su objetivo. Pero no iba a volver a caer en sus brazos otra vez. No podía hacerlo. Ahora que había recuperado la cordura sabía que estaba arriesgándose mucho y la sangre se le enfrió de solo pensarlo.

Estaba completamente arrepentida.

–¿Te importaría explicar por qué?

Abigail se abrazó a sí misma.

–Sé lo que estás pensando.

–¡No tienes ni idea de lo que estoy pensando!

Ahora estaba cerniéndose sobre ella, absolutamente enfadado. Por mucho que estuviera temblando por dentro, y por muy avergonzada que se sintiera de su falta de sentido común, Abigail sabía que no podía permitir que Leandro la arrollara. Se mantuvo en su sitio con las piernas temblándole y le miró de frente.

–Ha sido un error –dijo con sinceridad.

–¿Por qué?

–Porque... –decidió contar parte de la verdad–, no puedo evitar que me excites. Tal vez sea porque fuiste el primero –se puso roja pero decidió seguir–, o tal vez tengas tú razón y se deba a que las cosas terminaron... bueno, tal vez quedaba algo pendiente. Me... me tocaste y recordé, Leandro...

Leandro se sonrojó, se apartó y colgó los pulgares de las trabillas de los vaqueros durante unos silenciosos segundos. No le importaba que le recordaran el poder de aquellos momentos porque, aunque él también lo recordaba, no estaba dispuesto a compartir aquella certeza con Abigail. Reconocerlo habría significado admitir una debilidad que no estaba dispuesto a exponer. Le desagradaba la idea de que alguien o algo tuviera poder sobre él, y los recuerdos encajaban perfectamente en esa categoría.

–Pero sería un error que nos metiéramos en esto –dijo ella vacilante. Sabía que no estaba bien salir con todo aquello justo cuando acababa de descender de un orgasmo que la había dejado tiritando. Miró de reojo un instante y vio que la erección seguía ahí, apretada contra sus vaqueros, y se humedeció los labios–. Lo siento si te he dado una impresión equivocada.

A Leandro no se le escapó nada. Si el maldito teléfono no los hubiera interrumpido se la habría subido a la habitación y se habría perdido en ella. Pero tal como estaban las cosas ahora...

Podría darse una ducha muy larga y fría... ¿y después?

La deseaba y sabía por qué ella había reculado con un repentino ataque de conciencia. Le estaba dando vueltas a lo que había sucedido en el pasado y permitiendo que se interpusiera entre ellos.

Se pasó los dedos por el pelo y suspiró.

–¿Por qué te dio miedo contarme la verdad sobre ti misma estos meses atrás? No puedes culparme por llegar a la conclusión que llegué y actuar como lo hice. Cuando se ocultan las cosas es porque hay algo debajo.

Abigail se lo quedó mirando asombrada. Aquella era la primera vez que parecía estar dándole una oportunidad para explicarse. En la situación posterior a su ruptura no le importó marcharse sin darle la oportunidad de defenderse.

–Ya te lo dije –respondió aclarándose la garganta–. Me sentía intimidada por ti. Nunca en mi vida había conocido a nadie como tú. Y además –añadió con absoluta sinceridad–, cuando estaba contigo no me sentía yo misma.

Torció el gesto y se relajó un poco porque Leandro no la estaba atacando por tirarle de la cuerda. Podría haberlo hecho y ella lo habría entendido. Consiguió que sus piernas hicieran algo constructivo y se sentó en una de las sillas de la cocina.

–Era una persona diferente, alguien normal... y me gustaba la sensación. Me he pasado la vida siendo cauta con los hombres, pero tú entraste de sopetón en mi vida y todo eso cambió en un segundo. Era como estar en una montaña rusa.

Leandro se acercó a la mesa para sentarse a su lado. Abigail le miró con grandes ojos verdes y claros.

–Y una vez subida ahí, no había espacio para sacar temas incómodos sobre mi pasado. Además, nunca pensé que duraría tanto.

Lo suficiente para que se enamorara completamente de él.

–Y cuando seguimos... nunca encontré el momento adecuado.

Se puso de pie y se atusó los pantalones con gesto inseguro, porque Leandro había pasado de amante apasionado a espectador inescrutable.

–Debería irme a la cama ya –miró por la ventana y vio que la nieve seguía cayendo, pero más suave. Tenía esperanza. No podía quedarse de ninguna manera un día más en su casa.

Sus miradas se cruzaron y durante unos segundos pensó en lo que había hecho y en el secreto que le había ocultado, aunque fuera por buenas razones. Repasó algunas de aquellas razones. Se habían separado de la peor manera posible. Leandro nunca había sentido nada por ella. Para él solo fue una aventura a corto plazo y nunca le había hecho creer otra cosa. Cuando supo que estaba embarazada tuvo claro que quería quedarse con el bebé, porque nadie se había quedado nunca con ella. Para entonces Leandro estaba ya fuera de su vida.

Pensó en ponerse en contacto con él para darle la buena noticia, pero luego se lo pensó mejor y se preguntó si no querría quitarle al niño. Al fin y al cabo era su padre. Si decidía hacer eso Abigail no tendría ninguna oportunidad, y después del modo en que habían terminado, tal vez podría verlo como una oportunidad para vengarse porque, según su opinión, ella le había mentido.

Abigail sabía que nunca se arriesgaría a perder su bebé y, tras varias semanas con Leandro, había visto con sus propios ojos que no llevaba un estilo de vida muy intenso y con mucha presión, y eso no era compatible con vivir con un niño pequeño.

El miedo que le había provocado aquella posibilidad, el dolor por haber sido abandonada por el hombre del que se había enamorado y las hormonas que le atravesaban el cuerpo la habían llevado a tomar una decisión que ahora sabía que podía cambiarle la vida.

Y, sin embargo, le había resultado curiosamente fácil tomarla en la situación posterior a su relación.

Incluso se había dicho a sí misma que era de persona responsable no imponerle un hijo no deseado a un hombre que no buscaba un embarazo. ¿Por qué iba a querer pagar un precio tan alto por un error un soltero empedernido?

Pero ahora las cosas no le parecían tan claras. Esperaba que Leandro la detuviera, pero se quedó donde estaba, viendo cómo se dirigía a la puerta, y cuando tenía la mano en el picaporte se dio la vuelta para informarle de que se marcharía a primera hora de la mañana, estuviera el tiempo como estuviera.

—No hace falta que te despidas de nosotros —le dijo.

Leandro se limitó a quedarse mirándola hasta que se ella sonrojó. Con la cara encendida, Abigail salió de la cocina y se dirigió directamente al dormitorio que le habían asignado. Solo se permitió relajarse cuando hubo cerrado la puerta tras ella.

Se despertó con el sonido de unos nudillos llamando a la puerta, y cuando se incorporó se dio cuenta con cierta angustia que eran las ocho y media. Tenía pensado estar en pie antes de las siete.

El móvil seguía sin cobertura. Parecía que Internet funcionaba solo en algunas zonas de la casa, y su habitación no era una de ella. Pero le había contado la situación a Claire por mensaje la noche anterior, y confiaba en que todo estuviera bien. Estaba deseando volver a Londres.

Siguieron llamando a la puerta. Abigail no tuvo tiempo de pensar que estaba desvestida. Había tenido que dormirse sin nada encima porque la alternativa era la ropa de trabajo, así que se puso una toalla de baño y entreabrió la puerta del dormitorio para encontrarse con Leandro fuera. Tenía los ojos brillantes, estaba aseado y demasiado guapo con unos vaqueros bajos y una sudadera gruesa. Abigail era consciente de que tenía una toalla alrededor de las piernas desnudas.

Leandro abrió la puerta con un pie y luego se cruzó de brazos.

–Odio tener que despertar a la bella durmiente –dijo mirando hacia las ventanas que estaban detrás de ella, tapadas en aquel momento por las cortinas–. Pero me temo que soy el mensajero de las malas noticias.

Leandro observó con admiración masculina la imagen encantadora de Abigail dirigiéndose a toda prisa a las ventanas para abrir las cortinas con una mano mientras que con la otra se sujetaba con fuerza la toalla.

Le había dejado destrozado pero de ninguna manera se iba a retirar humildemente a un lado a lamerse las heridas. Aquel no era su estilo. Ya había reconocido la razón que se ocultaba tras su malestar desde que rompieron y tenía intención de hacer algo al respecto. Solo iba a necesitar algo más de tiempo y de esfuerzo del que había imaginado.

Por ejemplo, dio por hecho que con una noche salvaje bastaría. Sí, ella le había rechazado, pero aunque no lo hubiera hecho, Leandro se dio cuenta de que una noche no sería suficiente para arrancársela de dentro.

Había conseguido olvidar el efecto que causaba sobre su libido. Estaba completamente seguro de que terminaría convenciéndola porque había demostrado que Abigail le seguía deseando tanto como él a ella.

Estaba preparándose para la emoción del desafío

cuando escuchó la contenida exclamación de angustia de Abigail al ver que la nieve no se había ido. Allí en el campo tampoco había carreteras que dieran la sensación de que se había hecho para remediar el problema. Los campos abiertos que rodeaban la palaciega mansión de campo estaban blancos e intactos. No se veía ninguna máquina quitanieves a lo lejos.

Abigail se dio la vuelta y vio que Leandro había entrado en el dormitorio y estaba justo detrás de ella. Dio un salto hacia atrás y lo miró. Sus miradas se cruzaron y durante unos segundos recordó lo que había sentido al tenerle entre las piernas, llevándola a un orgasmo que arrasó con ella como una locomotora. Sintió de nuevo la humedad entre las piernas.

–Y además va a empeorar –Leandro no se molestó en intentar tranquilizarla con pensamientos positivos–. La nieve podría durar días. Por eso no suelo arriesgarme a salir de aquí en invierno. Lo que digo es que es imposible que el coche que te trajo hasta aquí pueda llevarte de regreso. De hecho, si te das la vuelta y diriges la mirada hacia la izquierda podrás verlo semienterrado bajo una capa blanca. Hal ha salido para dar una vuelta y solo consiguió avanzar unos cuantos metros antes de rendirse. No creo que pueda ni sacarlo de la entrada, y hay muchos kilómetros de distancia antes de que tengas la suerte de encontrar alguna carretera a la que hayan echado sal.

–No, no digas eso –fue lo único que pudo responder Abigail–. Tú no lo entiendes, Leandro. Tengo que volver a Londres.

–He hablado con tu conductor y está encantado de esperar aquí en lo que parece que será una noche más. Me aseguré de que le cuiden bien. Entre nosotros, tengo la impresión de que el hombre se toma esto como un respiro de fin de semana de una casa llena de niños.

–¡No me importa que Hal esté dispuesto a quedarse otra noche más aquí!

–Pues debería –señaló Leandro–. Teniendo en cuenta que es tu medio de transporte para marcharte. En cualquier caso da igual, las carreteras están impracticables.

Abigail sintió ganas de llorar.

–Esto es todo culpa tuya –le acusó con voz temblorosa.

Leandro la miró perplejo, y eso la enfureció todavía más porque destilaba falta de sinceridad.

–Explícate –le pidió él con calma–. Debes creer que tengo superpoderes si crees que puedo conjurar una tormenta de nieve solo para chafar tus planes de irte. Pero antes de que montes otra escena de damisela en apuros, te tranquilizará saber que yo tengo el mismo problema. Yo también tengo que ir a Londres. Considera que este fin de semana aquí ha sido para mí una desafortunada sorpresa. No tenía pensado abrir la casa hasta principios de primavera.

Abigail se preguntó malhumorada qué tenía que ver eso. Así que los dos estaban atrapados allí. Por muy importante que fuera el acuerdo que Leandro tuviera que cerrar, no era nada comparado con las responsabilidades urgentes que ella debía atender.

–¿Y qué? –le espetó sin más.

–Pues que deberías ir a cambiarte –murmuró él.

Aquello fue un brusco recordatorio para Abigail de que seguía agarrada a una toalla sin absolutamente nada más debajo mientras que él estaba allí de pie sonriendo burlón.

Trago saliva para contener la rabia, porque no era así como había imaginado que terminara el viaje a Cotswolds para llevar el anillo. Todo había salido mal. El tiempo era infernal. No había un prometido enamorado para recibir el anillo que con tanto cuidado había transportado. Se había topado de frente con el pasado cuando menos lo esperaba. Había sido víctima de aquellas respuestas físicas que sabía que tendría que haber dejado atrás, y para colmo, encontrarse de nuevo con Leandro de forma tan inesperada la había obligado a enfrentarse a la decisión que tomó de buena fe.

Y por si todo aquello fuera poco, ahora se tenía que quedar atrapada con él porque el destino no podía hacer lo correcto y despejarle el camino para que pudiera volver a Londres, donde encontraría la paz y el espacio para pensar bien las cosas.

—Tengo que hacer unas llamadas —murmuró. Y sintió el deseo de golpearle con fuerza al ver que sonreía.

—Te estás preocupando por nada —dijo Leandro con un tono tranquilizador que le puso de los nervios—. Hal va a quedarse otra noche porque tiene que conducir de regreso a Londres. Por suerte para ti, hay una alternativa de transporte.

—¿Qué quieres decir? —Abigail frunció el ceño porque, aparte de atravesar el condado esquiando, no se le ocurría otra forma de sortear la nieve. Y no podría hacerlo, porque nunca en su vida se había puesto unos esquís.

—Le he dicho a mi piloto que saque el helicóptero esta mañana. Tengo un helipuerto, así que si la nieve no es demasiado profunda siempre tengo la posibilidad de salir de aquí si lo necesito.

—¿Tienes un helicóptero con piloto?

—Es un lujo, lo sé —reconoció Leandro.

—Entonces... ¿vamos a volver a Londres en helicóptero?

—Por lo tanto es necesario que te quites esa toalla y te vuelvas a poner la ropa de trabajo —Leandro se dirigió a la ventana y miró hacia fuera antes de volver a centrar su atención en ella–. La nieve es fina pero está cuajando muy deprisa. Si dejamos pasar demasiado tiempo nos quedaremos aquí atrapados de verdad con Hal y todo el bufé de la fiesta que nunca llegó a celebrarse.

Leandro sentía que a veces las cosas sucedían por una razón, y aquella nieve era la oportunidad perfecta para llevar a Abigail a Londres sin el chófer y directamente a su casa. Así descubriría dónde vivía.

Se sentía extremadamente satisfecho por tener el control de la situación. Particularmente porque en la última ocasión el control no había estado a su disposición y eso fue un error tremendo.

–Reúnete conmigo en el vestíbulo dentro de media hora –se dirigió a la puerta sin mirar atrás, pero con la mente podía ver cómo Abigail intentaba recolocarse la toalla para taparse, y luego se la imaginó sin nada puesto.

Desnuda y sexy era el material de todas sus fantasías.

Abigail había tenido toda una noche para pensar.
Una noche para darse cuenta de que sería inútil intentar ignorar el fuego que todavía ardía entre ellos. El modo en que se había sonrojado para después recular decía mucho. Estaba tan nerviosa como una gata sobre el tejado de zinc caliente cuando tenía cerca a Leandro, y estaba seguro de que cuando volviera a su zona de confort después de que la dejara en casa, se relajaría y estaría abierta a explorar la química que había entre ellos.

Abigail vio cómo Leandro cerraba la puerta tras él sin mirarla. ¿Un helicóptero? Eso no supondría nada de tiempo, y estaría de vuelta en casa en un par de horas como mucho.

Él seguiría su camino y ella tendría que pensar en qué ocurriría ahora que había reaparecido en su vida.

Capítulo 4

ABIGAIL se las arregló para encontrar señal en el vestíbulo y llamó rápidamente a Claire mientras Leandro estaba fuera hablando con el piloto. Le dijo que estaría de vuelta en un par de horas, y que si podía ocuparse ese rato más.

Cuando Leandro volvió a entrar en la casa, Abigail estaba más tranquila porque no había problemas en casa ni tampoco con Sam. Era la primera vez que lo había dejado una noche entera y había estado muy preocupada.

Estaba deseando marcharse, y Leandro la miró con curiosidad.

—¿Cuántas veces más vas a consultar el reloj? —se burló tomándola del codo y guiándola hacia la puerta de entrada. Ya había dado instrucciones para que la casa quedara limpia y luego se cerrara hasta que volviera.

—Estoy nerviosa, eso es todo. Nunca he montado en helicóptero.

Fuera la nieve continuaba cayendo con copos pequeños y afilados, el viento soplaba con fuerza y las mejillas de Abigail se sonrojaron al instante. No había contado con semejante tiempo, y aunque llevara abrigo, el traje de chaqueta no le daba la suficiente protección.

—Mirar el reloj cien veces no va a tranquilizarte. No te preocupes, te dejaré en Londres sana y salva y de una pieza.

La urgieron a entrar en el helicóptero, una bestia negra que parecía capaz de sobrevivir a las condiciones árticas. Abigail tuvo unos instantes para pensar mientras el motor cobraba vida y se elevaba por el cielo.

–Seguro que sí –dijo finalmente por encima del bramido del helicóptero mientras giraba y se dirigía hacia el sur.

Se atrevió a mirarle de reojo y se estremeció porque Leandro era completamente dominante y abrumador. Provocaba una excitación prohibida y terror en igual medida. Como nunca pensó que volvería a verle, el miedo estaba ganando la partida justo ahora que el helicóptero se abría paso desde las nieves hacia unos cielos fríos y cargados que se iban despejando cuanto más al sur viajaban.

Había empezado a cuestionarse el camino que había tomado y las opciones que había escogido y ahora que se acercaban a Londres le entró la angustiosa sospecha de que tal vez había tomado una mala decisión.

Abigail no quería pensar así. Intentó recuperar algo de la convicción que la había llevado tantos meses atrás a no volver a tener contacto con Leandro.

Se forzó a recordar que no había conocido a sus padres. No sabía quién era su padre porque ni siquiera aparecía en su partida de nacimiento. Su madre no era más que un vago recuerdo porque los servicios sociales se habían encargado de Abigail desde que tenía siete años. No había conocido otra cosa que la indiferencia de extraños a los que se les pagaba para asegurarse de que le daban de comer y de beber.

El sistema en el que había crecido la había llevado a sentir una fiera protección hacia su bebé antes incluso de que naciera.

Esa era la razón por la que había decidido mantener el embarazo en secreto, se recordó. No se había atrevido a que Leandro, que era rico y poderoso y estaba lleno de rabia tras la ruptura, intentara reclamar la custodia de su hijo. Por supuesto, también podría haber elegido desentenderse del todo, dada la opción, o en todo caso ofrecerle ayuda económica y nada más. Pero era un riesgo que no quiso correr.

No había ni rastro de la nieve que había caído con constancia en Costwolds cuando aterrizaron. Hacía viento y frío, pero en lugar de nieve, cuando salieron del helicóptero fueron recibidos por una lluvia helada. Abigail se arrebujó en el abrigo y se quedó de pie unos instantes mientras trataba de recuperar la compostura.

–Mi coche.

Una mano la empujó suavemente por la espalda y se vio trotando al lado de Leandro en dirección a un brillante vehículo negro, al lado del cual había un hombre de mediana edad vestido de uniforme y que sostenía la puerta de atrás abierta.

Abigail fue colocada en el asiento trasero del coche con Leandro a su lado antes de que tuviera tiempo de pensar qué iba a pasar a continuación.

–Muy bien –Leandro cerró la pantalla de separación de modo que quedaron en absoluta intimidad–. ¿La dirección?

–¿La dirección? –ella lo miró alarmada mientras Leandro esperaba pacientemente.

–¿Dónde vives, Abigail? –chasqueó la lengua con impaciencia mientras ella seguía mirándolo fijamente con las mejillas completamente rojas, los labios entreabiertos, los ojos abiertos de par en par–. Necesito decirle a mi chófer dónde tiene que llevarte.

Abigail cerró los ojos un instante y apoyó la cabeza en el asiento de cuero. Le surgieron todas las preguntas que nunca creyó que verían la luz.

¿Y si Leandro descubría que tenía un hijo?

¿Qué habría pasado si hubiera decidido contárselo en cuanto supo que estaba embarazada?

¿Y si él la amenazaba con quitarle la custodia?

–No tienes que llevarme a mi casa, Leandro –dijo ella con cierta desesperación–. Puedes dejarme en la joyería. Vanessa estará deseando saber lo que ha pasado. Intenté mandarle un correo ayer, pero creo que no se envió.

–Llevas la misma ropa que ayer.

–Eso no importa. Está limpia. Y... y...

–Dime dónde vives. Estoy seguro de que tu jefa podrá esperar una hora más –estaba claro que no iba a aceptar un «no» por respuesta.

Derrotada, Abigail miró el rostro bronceado y bello de Leandro. Estaba convencida de que había conseguido olvidarle. Había cometido un gran error enamorándose de alguien que estaba completamente fuera de su alcance, y supo hasta qué punto era así cuando Leandro creyó lo que le dijo su hermana y las mentiras de su exjefe y se negó a escuchar siquiera su parte de la historia.

Se había enamorado de un hombre que había decidido ignorar todo lo que habían compartido porque solo quiso ver a una cazafortunas que le había utilizado. No importó que lo que hubieran compartido fuera algo más que sexo. No importó nada que hubieran hablado, reído y hecho las cosas que hacían las parejas enamoradas. Pero Abigail había interpretado mal las señales. *Ella* se estaba enamorando, pero él solo se divertía. Lo único que había compartido Leandro con ella era su cuerpo.

Una mirada de reojo a la derecha le confirmó que no había estado ni cerca de olvidarse de Leandro. Su mayor error ahora sería dejarle ver lo vulnerable que seguía siendo en lo que a él se refería.

Abigail aspiró con fuerza el aire y dijo con tono firme:

–Creo que tenemos que hablar antes de que me dejes en mi casa. ¿Tienes tiempo? Podríamos ir a un café que hay cerca de donde vivo.

–Sí tengo tiempo –murmuró–. Y también podemos ir a tu casa, o incluso a la mía. Tengo un apartamento en Belgravia. ¿Por qué no le digo a mi chófer que nos lleve allí? Cuando terminemos de... hablar puede llevarte a tu casa. ¿Qué te parece?

A Abigail no se le ocurría nada peor. En cuanto pudiera tendría que llamar a Claire y decirle que esperara todavía un poco más, pero de ninguna manera iba a ir a su apartamento de Belgravia ni a ningún otro sitio que no fuera un café lleno de gente donde pudiera decir lo que tenía que decir y los efectos secundarios quedarían atenuados. Sabía muy bien por qué quería Leandro que fuera con él a su casa.

Y eso no iba a suceder ni en un millón de años.

–No –dijo simplemente.

Leandro se encogió de hombros. Se dio cuenta de que no le importaba la cantidad de dinero de la que tendría que deshacerse. Nunca había deseado a nadie como la deseaba a ella, y el hecho de que tuviera un historial de mentiras no parecía disminuir su atractivo.

Estaba dispuesto a arrojar por la ventana su libro de reglas para poder arrancársela de dentro de una vez y para siempre. Al menos esta vez conocía los hechos y sería capaz de controlar la situación.

Abigail le dio la dirección de un café al que iba de vez en cuando y Leandro le repitió la información a su chófer. Entonces, para romper el silencio que estaba empezando a ponerle los pelos de punta, Abigail dijo:

–Tu casa de campo es magnífica, Leandro. ¿Vas mucho?

–Un par de veces al año.

Abigail se había vuelto a recoger el pelo, pero en su cabeza él seguía viéndole la melena en todo su esplendor, cayéndole por la espalda colorida y brillante. Tenía unos cuantos mechones a cada lado de la cara y sintió el deseo de colocárselos detrás de la oreja y atraerla hacia sí para poder sentir la suave frescura de su boca en la suya.

–Es una pena que tengas tantas casas en tantas partes del mundo y apenas disfrutes de ella.

–Tal vez para mí lo importante sea tenerlas y que ninguna de mis propiedades me haya hecho perder nunca dinero. Las vigilo a todas con buen ojo, y a lo largo de los años no han hecho más que crecer en valor.

–La vida es mucho más que dinero.

Leandro soltó una breve carcajada.

–Aquí es donde volvemos al principio y tú intentas convencerme de que eres tan pura como la nieve a pesar de que no hiciste amago de hablarme de tus orígenes, ni tampoco me contaste nunca qué hacías sentada en el vestíbulo de mi hotel aquí día.

–No. Tengo tan pocas ganas como tú de volver al pasado. Solo lo decía por hablar de algo.

–Te puedes saltar esa parte.

–Si te caigo tan mal, ¿por qué sigues queriendo... acostarte conmigo? ¿Cómo puedes acostarte con alguien que desprecias?

–¿Lo preguntas en serio? –dijo Leandro con sequedad–. ¿No estamos en el mismo barco, impulsados por el mismo deseo que no se ha ido? ¿O vas a decirme que tú sientes algo por mí? Porque si ese es el caso, tengo que decirte ahora mismo que con sexo o sin sexo, esto se trata de hacer borrón y cuenta nueva, nada más.

Abigail contuvo el impulso de decirle que estaba loco si creía que quería hablar con él porque le había convencido con su manera de pensar. Pero eso solo llevaría a todo tipo de preguntas para terminar en la conversación que ella sabía que debía tener, pero no en el asiento trasero de su coche.

–No siento nada por ti, Leandro –alzó la barbilla en gesto desafiante–. ¿Cómo iba a tenerlos?

–Bueno, al menos en eso estamos de acuerdo. Espero que la conversación que quieres tener esté relacionada con los términos y condiciones de la relación que podamos empezar ahora.

–Sí, pero no del modo que te imaginas –le dijo Abigail con sinceridad.

Leandro esbozó una media sonrisa.

–Soy un chico mayor, Abigail, y tengo demasiada experiencia como para que algo me sorprenda. Los términos y condiciones son algo bueno en esta situación.

–¿Ah, sí? –estaba convencida de que, para empezar, no tenía tanta experiencia como para que nada pudiera sorprenderle. Y para seguir, los términos y condiciones que ella tenía en mente le sacarían de tal forma de su zona de confort que definirlos como «algo bueno» era lo último que haría cuando terminara de hablar.

Cuando terminara de contarle lo que nunca imaginó que llegaría a decirle. Debería estar aterrada, pero se sentía muy calmada mientras el coche seguía tragando millas en dirección al café. Sam tenía casi un año. Abigail llevaba meses de maternidad y se sentía mucho más fuerte que durante los tormentosos meses de embarazo. Después de eso, cuando tuvo a su bebé en brazos, se sintió por un lado maravillada por el milagro de la vida que la miraba con aquellos enormes ojos negros y por otro angustiada al pensar cómo se las iba a arreglar.

–Por supuesto que sí –murmuró Leandro agarrándole la barbilla para obligarla a mirarlo a él y no a la distancia–. Me gustan los términos y condiciones. Son prácticos. Ayudan a mantener las cosas a un nivel profesional.

A Abigail se le aceleró la respiración. Su contacto le resultó electrificante y eso no estaba bien. Se apartó, pero la sangre se le había subido a la cara.

–Si no te importa, tengo que hacer una llamada antes de que lleguemos.

–Estaremos allí en menos de veinte minutos. ¿A qué viene tanta prisa?

–Tengo una amiga en mi casa y necesito ponerme en contacto con ella.

–¿Una amiga? ¿Qué amiga? –Leandro entornó los ojos y se revolvió impaciente.

–Mi amiga Claire está en mi casa –Abigail ya estaba marcando. Tenía pensado esperar un momento en el que Leandro estuviera también ocupado para hacer la llamada, pero, ¿qué más daba ahora? De todas formas la conversación fue muy breve, se limitó a informarle a Claire de que pronto estaría en casa y le dio las gracias por su ayuda.

–¿En qué te ha ayudado? –Leandro se la quedó mirando con el ceño fruncido. Sentir curiosidad por ella no formaba parte del acuerdo y sin embargo no podía evitarlo. Se dijo que los cuchicheos provocaban ese efecto en la gente.

Abigail decidió ignorar la pregunta porque enseguida lo sabría.

–No podré quedarme mucho tiempo –dijo en cambio.

Leandro torció el gesto ante el comentario, pero decidió dejarlo pasar.

–Yo tampoco –aseguró–. Este lamentable lío ha estropeado mis planes. Aunque sea domingo, he tenido que cancelar varias videoconferencias.

Abigail sintió una punzada de simpatía por la mujer que ahora había quedado reducida a ser la causante del «lamentable lío» que había descoordinado su horario de trabajo.

Miró por la ventanilla y vio que ya estaban en el norte de Londres. Poco después, el coche se detuvo frente al café y ambos se bajaron a la humedad, el frío y una fina y gris neblina.

A Abigail se le formó un nudo en el estómago cuando encontraron mesa. Pensó que estaría lleno, pero no era así.

–Bueno... –Leandro se preguntó por qué estaría tan nerviosa. ¿Debería ayudarla hablándole ya de los términos y condiciones? Podría allanar el camino hablando de su generosidad como amante. O tal vez no–. Vamos al grano. Dime de qué querías hablar.

Habían pedido café y acababan de llevárselo junto a una selección de pastas a las que Abigail miró sin tocarlas. Leandro no se anduvo con remilgos, abrió un cruasán y la miró fijamente mientras se lo comía.

–¿Te acuerdas cuando fuimos al lago?

Leandro se detuvo a medio bocado y volvió a dejar el cruasán en el plato. Se reclinó en la silla con el cuerpo relajado, aunque también se le notaba cierta tensión. No tenía ni idea de por dónde iba aquello, pero a él no le funcionaba. Tampoco le gustaba la manera en que Abigail jugueteaba con el borde de la taza y evitaba mirarlo a los ojos.

–Me acuerdo –dio abruptamente–. Cinco días en una cabañita en el lago a las afueras de Toronto. ¿Por qué me lo preguntas? ¿Otra vez por el camino de los recuerdos? Creí que estábamos de acuerdo en que no tenía sentido ir por ahí.

Abigail le miró sin que se le notara ninguna señal del nerviosismo que la carcomía por dentro. Leandro tenía una expresión adusta, y ella supo que estaba molesto porque aquello no era lo que esperaba oír.

–Algo sucedió allí, Leandro –le dijo con voz pausada–. ¿Te acuerdas?

Él sacudió la cabeza y se pasó los dedos por el pelo con impaciencia.

–¿ Vas a seguir hablando con adivinanzas? Porque no he venido aquí a jugar a los acertijos contigo.

–Hicimos el amor en el lago, ¿te acuerdas? –su voz se había convertido en un susurro sin que ella se diera ni cuenta–. Hacía mucho calor y estábamos tumbados en el barco con un picnic y una botella de vino. Y... hicimos el amor allí mismo, a la vista.

Leandro se acordaba de todo. De hecho fue la primera vez que había sentido realmente que estaba de vacaciones, y nunca en su vida se había encontrado tan relajado. Desgraciadamente, siempre hay una serpiente acechando en el paraíso, y no iba a dejarse arrastrar por un recuerdo que no se merecía ser aireado considerando lo que había sucedido después.

–No usamos ningún método anticonceptivo.

Aquellas cinco palabras cayeron como una bomba en el silencio. Leandro tardó unos segundos en caer en la cuenta. Abigail le miraba con cautela, pero su mente se había quedado en blanco, vacía de pensamientos.

–¿Qué estás diciendo? –preguntó finalmente.

–Ya sabes lo que estoy diciendo, Leandro –respondió ella con voz dulce–. Sé que te vas a enfadar y seguramente pienses que tendría que habértelo contado entonces, pero te lo estoy diciendo ahora. Tuvimos sexo sin protección y me quedé embarazada.

–Estás mintiendo.

–Por eso quería regresar tan desesperadamente a Londres. Claire, la amiga con la que acabo de hablar, accedió a cuidar de Sam porque yo tenía que entregar el anillo, pero nunca pensé que me quedaría atrapada allí.

—Si esto es una estrategia para sacarme dinero, entonces te diré que te has pasado.

No habían usado ningún método de protección. Leandro estaba muy excitado y se arriesgó. Por primera vez en su vida, se arriesgó.

—Tiene diez meses.

—Me niego a creer una sola palabra de todo esto —pero su piel bronceada se había vuelto del color de la ceniza. No creía lo que le estaba diciendo, pero seguía haciendo cuentas.

Abigail suspiró.

—Te lo habría contado desde el principio, pero tenía miedo. Rompimos de un modo espantoso y tenía miedo porque pensé que intentarías quitarme a Sam.

Leandro agarró la taza de café y se dio cuenta de que le temblaba un poco la mano.

—Necesitas tiempo para procesarlo. Me doy cuenta —Abigail se puso de pie y se retiró de la mesa—. Si me das tu número de móvil puedo llamarte dentro de un par de semanas, cuando hayas... eh... asimilado todo. Solo quiero que sepas que no espero nada de ti.

La imagen de Abigail escabulléndose hacia la puerta atravesó la mente de Leandro con más rapidez que un cohete en órbita. Dejó dinero encima de la mesa y se situó a su lado antes de que tuviera tiempo de echar a correr.

¿Dos semanas? ¿Y se pondría en contacto?

Acababa de lanzarle una granada al regazo, ¿y de verdad creía que podría desaparecer y luego resurgir cuando él hubiera lidiado con aquello?

¿Aquella mujer había perdido la cabeza?

—¿Dónde diablos crees que vas? —la agarró del brazo y la obligó a detenerse, ignorando sus intentos de zafarse–. ¡No creas que puedes soltarme esto y luego desaparecer!

–Necesitas tiempo para asimilar...

–¡Ahórrame tu psicología barata! Me dices que tengo un hijo y...

–*Tenemos* un hijo. Un chico.

Sus miradas se cruzaron. Un hijo. Leandro no iba a caer en la trampa de creerla bajo ningún concepto, pero... la paternidad era algo que nunca había considerado. ¡No lo había querido! Había comprobado en su inestable infancia que tener un hijo era algo que podía salir tremendamente mal. No solo lo sabía por propia experiencia, sino también por la de su hermana. Nunca quiso arriesgarse a ser padre. No estaba en su composición.

¿Y si le estaba diciendo la verdad? Enfrentado a esa posibilidad, Leandro supo de pronto lo que se sentía cuando el mundo se derrumbaba. Durante toda su vida había buscado el orden para compensar la falta de orden de sus primeros años, y no podía haber nada más desastroso y explosivo para luchar con ese orden que tanto le había costado conseguir que la llegada de un niño.

Pero no, no iba a pensar así.

Era un hombre frío y racional. Intentó apartar su pensamiento de las posibilidades. Las posibilidades no eran nada.

–¿Dónde?

–¿Perdona?

–Dices que soy padre. Entonces déjame ver a mi hijo.

–Leandro...

–Esto no va a salir como tú tienes en mente, Abigail. No puedes soltarme algo así y luego desaparecer en el vacío. Así que dices que tengo un hijo, ¿no? Muy bien. Entonces llévame a conocerle, ¿te parece?

Se estaba agarrando a que toda aquella locura fuera

una mentira, pero, ¿por qué le mentiría con algo así? Mientras trataba de apartar de sí el horror que acababan de soltarle en la puerta se acumulaban los argumentos en contra.

–No creo que...

–¡No! –su voz restalló como un látigo y ella se estremeció y miró a su alrededor. Pero la calle estaba en silencio y sin gente–. Ya no tienes la situación bajo control. Has abierto la puerta y ahora tienes que apechugar con las consecuencias.

Abigail se lo quedó mirando con los ojos angustiados y muy abiertos.

–¿Dónde vives? Y no te andes por las ramas, Abby. Vamos a ir allí, y vamos a ir ahora mismo, tanto si te gusta como si no.

El coche estaba esperando al otro lado de la calle y Leandro se dirigió hacia allí.

Si el chófer sentía curiosidad por el número que se estaba desarrollando, no se le notó nada mientras conducía los diez minutos que se tardaba en llegar a su casa, una pequeña casita alquilada en una fila de muchas todas iguales.

Por supuesto que Claire estaría impaciente. Ella no sabía que el padre de Sam había aparecido en escena porque Abigail no se lo había dicho. Pero todo estaba ocurriendo tan deprisa que aquel no era el momento de ponerse a dar explicaciones.

Cuando abrazó a su amiga y le dijo que todo estaba bien, casi podía aspirar el aroma de la curiosidad de Claire.

–Sam está dormido –fue lo primero que le dijo a Leandro, dándose la vuelta para mirarle en cuanto se cerró la puerta de entrada.

La casa parecía ridículamente pequeña con aquella presencia amenazante que acaparaba todo el oxígeno.

–Quiero verlo.

–¿Todavía crees que miento?

–Tienes un hijo –Leandro la miró con dureza–. Pero, ¿quién dice que yo soy el padre?

–Nunca te mentiría con algo así –Abigail apartó la mirada porque no quería entrar en una espiral sobre el pasado y las mentiras que Leandro creía que le había dicho. Además, le dolía. No debería, porque Leandro no quería saber nada de ella ahora, pero aun así dolía. Parpadeó para contener las ganas de llorar–. Sígueme.

Se dio la vuelta y Leandro la siguió mientras subía las escaleras hasta el pequeño rellano y luego a su dormitorio, donde estaba colocada la cuna de Sam contra la pared. No era el lugar ideal, pero los alquileres estaban muy caros en Londres y esto era lo máximo que se podía permitir.

Siempre dejaba la luz de la mesilla de noche encendida. Era muy tenue y así se aseguraba no despertarle cuando se iba a dormir por la noche. La luz estaba ahora encendida porque habían cerrado las cortinas para bloquear la luz lluviosa de la tarde.

Arrojaba una luz delicada en la habitación, que aunque era pequeña estaba muy limpia y pintada con colores neutrales.

Abigail se echó a un lado y Leandro se acercó a la cuna. Miró hacia abajo.

Era tan alto, tan increíblemente guapo, y ella sintió la puñalada de culpabilidad por haberle mantenido alejado de su hijo. Al verle allí ahora mirando la cuna de Samuel, se quedó sin ninguna excusa por lo que había hecho. Un padre mirando a su hijo bebé. Sam estaba dormido bocarriba, las regordetas piernas dobladas como una rana, los brazos levantados a ambos lados de la cabeza.

A pesar de la poca luz, la mata de pelo oscuro y la

piel ligeramente aceitunada era la prueba clara de su paternidad.

Leandro se quedó mirando la cuna sin saber cuánto tiempo había pasado porque parecía que se hubiera detenido. Había cuidado de su hermana, pero no podía recordar el tiempo en que fue tan pequeña.

Sintió que algo le invadía pero no sabía qué era. Una incomodidad vaga y dolorosa, como un agujero en la boca del estómago. El niño tenía el pelo muy oscuro, como él, y la piel aceitunada igual que él también. Agarrarse a la idea de que no era su padre no tenía sentido.

Pero Leandro sabía que tenía que agarrarse a eso un poco más. No daría nada por sentado. No era su forma de ser, así que no lo haría aunque en lo más profundo de su ser supiera que el niño era suyo.

Y Abigail le había mantenido alejado de él, y habría seguido haciéndolo si sus caminos no se hubieran cruzado por el destino.

Leandro nunca había pensado en tener hijos, pero ahora se sentía invadido por el lento y firme impulso de rabia que había estado guardando en la oscuridad respecto a lo más grande que podía suceder en la vida de alguien.

Apartó la mirada de la cuna y se giró para mirar a Abigail. Tenía el rostro en sombras. Luego se acercó a ella.

—Tenemos que hablar.

Capítulo 5

QUIERO una prueba de ADN –fue lo primero que Leandro dijo en cuanto entraron en la cocina.

No había prestado la mínima atención a lo que le rodeaba, pero ahora lo hizo y no le gustó lo que vio. Una casa pequeña y destartalada en la que apenas cabía un gato. Las paredes recién pintadas y los pósters alegres no podían ocultar el hecho de que seguramente la casa se sostenía con cola, y volvió a sentir la rabia que se había apoderado antes de él, cuando miró al bebé de pelo oscuro que dormía en la cuna. Fue una marea roja que le llevó a apretar las mandíbulas en un intento de ejercer algo de control.

Todavía quedaba espacio para la duda.

Abigail no era conocida precisamente por su amor a la verdad. Había pasado semanas esquivando hablar de sus orígenes y del asunto del robo que pendía sobre su cabeza. Le había mentido, y en aquel momento Leandro decidió no pensar en todas las razones que Abigail había esgrimido para sus evasivas. En aquel momento solo podía pensar en que si el bebé que dormía arriba era suyo, entonces la vida tal y como la conocía iba a cambiar por momento.

Abigail palideció.

–No me crees –dijo con tono desmayado.

–Tienes una reputación. Creer en tu palabra sería un acto de compasión absurdo por mi parte –Leandro retiró la silla y se sentó estirando las largas piernas. Se sentía como un gigante en una casa de juguete.

El hecho de pensar en que un bebé se criara en aquel ambiente le ponía los nervios de punta, y todavía le sorprendió más que sus pensamientos estuvieran tomando aquel camino, aceptando ya la posibilidad.

«Un paso cada vez», se recordó malhumorado.

Se enfrentaría a la situación solo cuando supiera que efectivamente era el padre.

Pero las fechas casaban... y luego estaba el parecido físico... ¿y realmente pensaba en el fondo de su corazón que era la clase de mujer que se habría arrojado en brazos de otro un segundo después de terminar con él?

Leandro experimentó un momento de completo terror, porque de pronto se dio cuenta de que la vida ordenada y bien engrasada que se había construido empezaba a reventar por las costuras.

–Eres el padre de Sam, Leandro –Abigail alzó la barbilla en ángulo desafiante y se mantuvo firme, pero su mundo estaba girando sobre su eje y no tenía ni idea de cómo iba a terminar. En aquel momento, la expresión de su rostro le estaba provocando escalofríos.

Durante cinco minutos la había deseado, había querido volver a meterla en su cama para «rascarse el picor» y que el picor desapareciera. No había ningún afecto detrás de eso. De hecho se había asegurado de decírselo. Entonces, ¿qué diablos estaría pensando ahora?

Sin duda tenía que darse cuenta de que la prueba de ADN no era necesaria. Pero la opinión que tenía Leandro de ella era tan mala que seguramente pensaría que había desembarcado en el aeropuerto de Londres hacía más de un año con el corazón roto y se había dirigido al primer bar para ligarse al primer desconocido que encontrara y llevárselo a la cama.

La odiaba, ¿y dónde los dejaba eso? Debería estar arrepintiéndose amargamente del impulso de confesar, pero no era así. Al verle allí de pie frente a la cuna se había dado cuenta de que no podía ocultarle a Sam. Había tomado la decisión de no decir nada por motivos que en su momento le parecieron buenos, pero fueran cuales fueran las consecuencias ahora, lo justo era que lo supiera.

Y eso no ayudaba al intentar pensar en qué iba a suceder a continuación.

–No quiero nada de ti –dijo con tono bajo–. Tú no buscaste esta situación y no tienes que pensar que tu vida vaya a complicarse por esto.

Abigail se sentó frente a él y fue consciente de lo pequeña que era la cocina por todo el espacio que ocupaba Leandro. De hecho lo era desde que entró en su casa y vio lo confinados que estaban. El corazón empezó a latirle con miedo dentro del pecho.

Si ella podía ver las limitaciones del lugar donde vivía y se había acostumbrado a ello a lo largo de los meses, ¿qué estaría pensando Leandro? Era un hombre que tenía helicóptero y propiedades que valían millones de dólares repartidas por todo el globo. Chasqueaba los dedos y todos los que estaban a su alrededor saltaban al instante. Para él una casa no era una casa si cada habitación no tenía su propio baño y un vestidor separado.

Iba a hacerse aquella estúpida prueba de ADN, que saldría positiva, ¿y luego qué? ¿Querría rescatar a su hijo de aquel ambiente? No podía. La parte sensata de Abigail se daba cuenta de ello, porque las madres también tenían derechos, pero podía darle muchas cosas a Sam y lucharía con todo el tiempo y el dinero que tuviera a su disposición si así lo deseaba.

De pronto le resultó imperativo persuadirle de que continuar con su vida tal y como estaba era lo que quería y necesitaba.

–Fue un error honesto –sonrió para tranquilizarle. Se sentía tan sincera como la bruja de Hansel y Gretel intentando atraerlos hacia la casa de chocolate–. Tú no pediste un hijo, Leandro, y yo sé cómo es tu estilo de vida. ¡Apenas rozas el suelo con los pies! Tú mismo dijiste que apenas visitas tu preciosa casa de campo. Apuesto a que tampoco pasas mucho tiempo en Inglaterra.

Abigail se aclaró la garganta y deseó que él dijera algo. A ser posible, que le diera la razón. O que al menos hiciera alguna indicación de que estaba escuchando lo que le decía. Se limitaba a mirarla taciturno y aquello no contribuía en nada a su equilibrio. Ni por su parte racional que le aseguraba que no podría llevarse a Sam con él solo porque fuera rico.

–Lo que estoy diciendo –continuó mostrando mucha más confianza de la que sentía–, es que no querría que dejaras de vivir tu vida por esto. Soy perfectamente capaz de criar a Sam sola.

–Lo prepararé todo para hacerme la prueba de paternidad.

–¿Eso es lo único que puedes decir, Leandro?

–¿Qué quieres que diga? –su voz resultaba mortalmente tranquila–. ¿Que si dices la verdad y es mi hijo entonces desapareceré porque todo fue un «error honesto»?

Leandro se levantó y la miró fijamente.

–No tengo intención de tomarme en serio tu palabra en ningún caso –continuó–. Soy un hombre muy rico y tanto si creo lo que me dices como si no, da igual. Soy un objetivo fácil para las cazafortunas.

–Yo no soy una cazafortunas, y tú deberías saberlo.

A Leandro se le encogió el corazón al ver aquel dolor genuino en su rostro, pero no iba a retractarse ni una palabra de lo que había dicho. Se había sentido impulsado por el deseo de volver a acostarse con ella para terminar algo que no había terminado del todo, algo que necesitaba una conclusión apropiada para que él pudiera continuar con su vida, pero ahora las cosas habían cambiado. Y mucho.

–¿Cómo va a ser el procedimiento? –preguntó Abigail, derrotada–. ¿Sam tiene que ir al hospital para la prueba?

–Se llevará a cabo de forma discreta. Mañana tendrás noticias mías para ver cómo organizamos lo de la prueba, y cuando se conozcan los resultados... –la miró con ojos entornados y pensó en aquel bebé que respiraba suavemente en la cuna. Algo amenazó con tragárselo, una descarga tan poderosa como un terremoto–. A partir de ahí hablamos.

–Leandro... –Abigail se acercó a él y luego vaciló y se quedó donde estaba.

–Me pondré en contacto contigo.

No lo hizo. Al día siguiente a la hora de comer fue un consultor empleado de Leandro quien la llamó para hacer la prueba, y a la seis de aquella misma tarde ya había llegado y se había marchado un técnico y Abigail había recibido una llamada de Leandro informándole de que él también se había hecho la prueba de paternidad.

Si Abigail esperaba alguna pista de lo que se ocultaba bajo su voz seca, se equivocó de lado a lado. La primera conversación que tuvo con Leandro desde que salió de su casa duró diez segundos.

Pero los resultados de la prueba de ADN solían tardar al menos una semana. Una semana de espacio para respirar. Eso le daría tiempo para planear meticulosamente las posibles eventualidades.

No esperaba ver a Leandro tres días después de que hubiera ido a su casa, y desde luego no esperaba verle aparecer en la tienda.

Era el final de la jornada, y Abigail alzó la vista y le vio de pie en el umbral, con su presencia alta e imponente que le provocó un latido nervioso dentro del pecho.

Todo el mundo en la tienda dejó de hacer lo que estaba haciendo. Dos clientas se quedaron en silencio y le miraron fijamente. Brian, que trabajaba a su lado, contuvo el aliento. Una chica que no parecía tener más de veintiún años e iba cargada de joyas empezó a jadear de un modo que no parecía sano. Leandro los ignoró a todos. Se dirigió a ella con expresión fría.

Como si fuera un conejo atrapado bajo las luces de un coche, a Abigail le costó trabajo mover los músculos. De hecho le costaba trabajo incluso respirar mientras Leandro seguía acortando la distancia entre ellos.

–Ya han llegado los resultados.

Ella parpadeó.

–Cre... creí que habías dicho que me ibas a llamar.

–Me pareció mejor darte la noticia cara a cara. Tenemos que hablar, Abigail. Y a menos que quieras que tengamos esta conversación aquí, entonces vas a tener que decir adiós y salir.

–¡Pero todavía me quedan dos horas de trabajo!

–Como si acabaras de entrar a trabajar. Me da igual –Leandro miró a su alrededor, se encontró con Brian y volvió a girarse hacia ella–. ¿Ese hombre es el encargado?

–Dame cinco minutos... y por favor, ¿te importa esperar fuera?

–Estoy muy cómodo aquí.

Abigail tuvo una conversación apresurada con Brian en voz baja, y unos minutos más tarde salieron al frío de febrero.

–Tengo el coche ahí –Leandro señaló con la cabeza el coche negro con chófer–. Esto es lo que vamos a hacer. Iremos a mi apartamento, que está a veinte minutos de aquí, y tendremos una conversación civilizada. Y luego iremos a buscar a mi hijo a la guardería en la que lo hayas metido.

–No puedes darme órdenes –pero Abigail percibió la debilidad de su voz que señalaba su rendición.

–Deberías alegrarte de que haya decidido seguir el camino civilizado, Abigail. Porque ahora mismo lo último que me siento es «civilizado».

–Mira –Abigail se giró hacia él cuando el coche en el que la había introducido como en un secuestro se alejaba–, entiendo que estés un poco... molesto.

–¿Un poco molesto? –Leandro la miró con recelo.

Llevaba puesto prácticamente el mismo conjunto que llevaba cuando aterrizó bruscamente en su vida de nuevo días antes. Tenía el pelo apartado de la cara con un moño tirante y apenas iba maquillada. Parecía una mujer profesional. No había nada en su actitud ni en su esbelta figura que revelara que fuera madre. Leandro no podría haberlo adivinado de ninguna manera, y otra vez volvió a caerle como un mazazo que le hubiera mantenido oculto a su hijo.

Ella le había mostrado una salida con su discurso sobre que no quería nada de él, y aunque Leandro nunca había pensado en ser padre, aquella «salida» le resultó ofensiva e insultante. Reaccionó con tanta fiereza que le sorprendió, igual que aquella oleada de emoción primigenia que se apoderó de él cuando abrió el sobre con el informe para descubrir lo que ya sabía: las posibilidades de ser el padre de Sam eran del noventa y nueve por ciento.

–¿Quién te dio el derecho a apartar a mi hijo de mí? –Leandro apretó los dientes–. ¿Creías que porque tú y yo habíamos terminado ya no merecía la consideración de ser informado de que era padre de un niño?

Abigail se sonrojó. Para ser un hombre al que se le daba tan bien controlar las emociones, aquellas pocas palabras resultaban incendiarias.

Despertaron una furia que casaba con la de Leandro. ¿Qué le daba a él derecho a atacarla así? No solo habían «terminado». Se había librado de ella como si fuera una alimaña. La había despachado como una delincuente y una mentirosa y ahora tenía el valor de acusarla de falta de consideración por no haberle dicho que estaba embarazada.

«Empieza por ti mismo» fue el dicho que se le vino a la cabeza, y Abigail sospechaba que si empezaba a dejarse pisar como un felpudo, Leandro se sentiría libre de pisotearla y aquel sería su papel para siempre, fuera cual fuera el acuerdo al que llegaran.

—No las tenía todas conmigo, pensaba que si te soltaba que estaba embarazada podrías hacer todo lo posible para herirme por todas las cosas que te había contado tu hermana.

—¿Te refieres a la verdad?

—¡Otra vez! Habían pasado más de tres meses desde que rompimos cuando supe que estaba embarazada. Estaba tan nerviosa por el futuro, tan desesperada por encontrar trabajo y tan preocupada por saber dónde terminaría viviendo ya que me había quedado sin ahorros, que ni siquiera me di cuenta de que había dejado de tener la regla. Y sí, supongo que podría haber ido corriendo a pedirte ayuda, pero, ¿sabes qué? Cuando me acusaste de ser una mentirosa, ladrona y cazafortunas, lo último que se me ocurrió en aquel momento de pánico fue ir a buscar ayuda en mi acusador.

—Yo no era un exnovio cualquiera –Leandro no iba a

dejar que se saliera con la suya–. Era el padre del hijo que estabas esperando.

Suspiró con impaciencia frustrada y se contuvo para no soltar las amargas recriminaciones que pugnaban por salir. Estarían en su apartamento en menos de cinco minutos. Había subido la pantalla separadora y su chófer no podía oír ni una palabra de lo que decían, pero de todas maneras sentía la necesidad de estar en un lugar completamente a solas para tener aquella conversación que cambiaría su vida. El asiento de atrás de un coche no le servía.

–Ya te lo dije –le recordó Abigail con tono resuelto–. Tenía miedo. Miedo de que intentaras quitármelo. De no poder luchar nunca contra ti porque eres rico y poderoso, y en aquel momento yo no tenía trabajo ni había perspectiva de tenerlo gracias al gusano de mi exjefe que mintió respecto a mí.

–¿Qué te hace pensar que no lo intentaré ahora? –preguntó Leandro.

Abigail se quedó paralizada y le miró con horror.

–¡No te atreverías!

–Siempre es un error presentarle un reto a un hombre como yo –Leandro dejó que el silencio entre ellos se hiciera interminable. ¿Por qué no dejar que la imaginación de Abigail se disparara? Era lo menos que se merecía–. Ya hemos llegado. Podemos seguir con esta conversación dentro.

Abigail, que apenas podía pensar debido al pánico ciego que la atravesaba al imaginar el peor de los escenarios, miró distraídamente el elegante edificio blanco frente al que se había parado el coche. Había pasamanos negros de hierro en las ventanas, que tenían una forma rectangular perfecta. Entraron en un vestíbulo grande alicatado con cerámica victoriana original, y se subieron en silencio en el ascensor hasta el apartamento de Leandro, que ocupaba dos plantas y era tan grande como un chalé.

Todo era blanco a excepción de las obras de arte abstractas que colgaban de las paredes. El suelo era de madera clara y no había cortinas, solo persianas. La escalera que subía hacia el rellano en forma de galería era lo más peligroso para un niño pequeño en decoración hogareña que Abigail había visto en su vida. Era de metal y tenía un pasamanos de seguridad casi inexistente que animaría a cualquier niño aventurero a caerse. Estaba horrorizada.

Leandro la observaba con atención, y frunció el ceño porque su apartamento siempre lograba impresionar. Había contratado a la mejor diseñadora de interiores de todo Londres, quien había buscado materiales por toda Europa para crear el lugar perfecto. No se había escatimado en gastos y el resultado era obvio, desde rico granito gris de la cocina abierta hasta la madera clara del suelo que había llegado desde Holanda. La mitad de las pinturas eran obra de artistas icónicos y conocidos, la otra mitad inversiones en futuros artistas que aumentaban de valor cada semana. Los muebles estaban hechos a medida.

–¿Qué ocurre? –preguntó irritado.

Abigail se dio la vuelta para mirarle con los brazos cruzados en gesto beligerante.

–Odio este apartamento –respondió ella bruscamente extendiendo una mano en gesto de desprecio.

–No digas tonterías. Nadie odia mi apartamento.

–Es... frío. No tiene alma. Hay mejor atmósfera en un mausoleo.

Leandro la miró echando chispas por los ojos y recordó que nunca se había cortado en decir lo que pensaba. De hecho era la única mujer sobre la tierra que alguna vez había demostrado su desacuerdo respecto a algo que le gustara a él. Siempre resultaba magnífica cuando discutía. Y ahora también. Se la quedó mirando en silencio taciturno, notando cómo se le sonrojaban las mejillas y el brillo fiero de sus verdes ojos.

Su cuerpo respondió a ella a la velocidad de una bala con sorprendente entusiasmo. Se puso duro y su deseo aumentó. Disgustado consigo mismo, Leandro se dio la vuelta y se dirigió a uno de los sofás color crema artísticamente colocado alrededor de la única alfombra del apartamento, una pieza gris tejida a mano con un dibujo abstracto muy atrevido.

—Hablando de residencias —le dijo con frialdad—, dejemos a un lado la mía y vamos a hablar de la tuya. Cuando estabas pensando solo en ti misma y tomaste la decisión de excluirme de la vida de mi hijo, ¿te paraste a pensar alguna vez en que podría beneficiarse del apoyo económico que yo podría darle? ¿Que en lugar de condenarle a una casa del tamaño de una caja de cerillas su vida podría haber mejorado estando en un lugar más grande? Entiendo que con diez meses eso no es urgente, pero, ¿y cuando empiece a gatear? ¿A andar por todos lados? ¿Estabas tan ocupada con tu egoísmo que te las arreglaste para justificar alegremente el negarle todas las ventajas que mi dinero podría haber aportado a la situación?

Abigail se sonrojó, molesta porque la hubiera llamado egoísta. Pero podía entender su punto de vista y no le gustaba nada el retrato que estaba pintando de ella.

—¿Y qué me dices de cuando mi hijo fuera suficientemente mayor para preguntarse dónde está su padre? —continuó Leandro sin piedad.

—Deja de referirte a Sam como «tu hijo». Es nuestro hijo —Abigail sintió una oleada de calor porque sin querer había puesto voz a lo que llevaba un año y medio

negando: que ella no era la única variable de la ecuación. Había fingido serlo, pero ya no podía seguir haciéndolo, y pensó incómoda que tal vez no debería haberlo sido nunca. Aunque ahora no pensaba empezar a
disculparse por nada.

A Leandro no se le escapó el desliz y se sintió com-
placido porque indicaba que ya no estaba luchando
contra él. No hacía más fácil digerir lo que Abigail había hecho, pero lo cierto era que casi podía entender su
punto de vista. Se había marchado sin darle la oportunidad de defenderse. Había creído a pies juntillas a su
hermana y se había negado a ver que la mujer que había
dormido con él, la mujer que había sentido que conocía, podría haber tenido sus motivos para no ser tan
abierta con él como podría haberlo sido. Llegó a sus
propias conclusiones y se las arrojó a la cara, y sí, no
sirvió de ayuda que fuera una ladrona, una mentirosa, y
por extensión, una cazafortunas.

Bueno, si el tiempo había demostrado algo era justo
eso. No era una cazafortunas, porque en ese caso habría
aparecido en su puerta segundos después de saber que
estaba embarazada. No le habría evitado, le habría buscado activamente, porque, tenía que reconocerlo, Abigail era la que tenía la carta del triunfo.

Le estaba diciendo la verdad al confesarle que tuvo
miedo, y Leandro entendía por qué... porque era des-
piadado. Le había aterrorizado la idea de que intentara
quitarle a su hijo, y tenía sus razones para temerlo por
el modo en que habían roto. Y no solo eso. Se veía obligado a reconocer con dolorosa sinceridad que siempre
le había dejado claro a Abigail que no estaba interesado
en el compromiso, aunque se había visto muy cerca de
revisar esa decisión durante el tiempo que estuvo con
ella. Admitió a regañadientes por primera vez que era
posible que aquella fuera la razón por la que se hubiera

precipitado a creer a Cecilia, pero se había lanzado a romper su relación con Abigail, una relación que desafiaba demasiado sus creencias. Pensó en ella sola, asustada, sin dinero y teniendo que enfrentarse a aquella situación tan complicada sola.

¿Hubo alguien a su lado cuando dio a luz a Sam, o había ido al hospital por sus propios medios?

–Sí he pensado en lo que pasaría cuando Sam tuviera edad para empezar a hacer preguntas –murmuró Abigail incómoda.

–¿Y a qué conclusión llegaste? –desconcertado por el rumbo que habían tomado sus pensamientos, el tono de Leandro fue más duro de lo que pretendía–. ¿Decidiste que si borrabas mi existencia de su vida de forma permanente sería más fácil para ti?

–¡No! –Abigail estaba horrorizada de que pudiera llegar a semejante conclusión–. Nunca haría algo así. No podía soportar la idea de que algo pudiera pasarle a Leandro. De hecho, la idea le hacía sentirse enferma.

El tono de Leandro se suavizó al ver su expresión angustiada. Sabía desde hacía tiempo que el fuego de Abigail se equilibraba con una gran capacidad de empatía.

¿Cómo era posible que no lo hubiera tenido en cuenta en su momento, cuando se alejó de ella sin mirar atrás?

–Tienes que pensar más allá de ti –la urgió inclinándose hacia delante y apoyando los antebrazos en los muslos–. Piensa en lo que pensará Sam si dentro de unos años sabe que le has privado de un estilo de vida que podría haber estado a su alcance.

–¿De qué estás hablando? –Abigail frunció el ceño ante aquel nuevo ángulo que Leandro había decidido explorar.

–¿No te parece que si esperas a que sea adolescente y exija saber quién es su padre, al ver los privilegios que se ha perdido podría acumular mucho resentimiento?

–Nunca educaría a un hijo mío para ser materialista –afirmó Abigail convencida mientras su mente captaba aquel nuevo matiz y empezaba a digerirlo.

–Puede ser –continuó Leandro sin asomo de remordimiento–. Pero la naturaleza humana es como es, y a menos que consigas criar a un santo, verá lo que podría haber sido suyo y antes o después te culpará por haberle negado las oportunidades que podría haber tenido.

Leandro dejó unos segundos de silencio para que ella pudiera darle vueltas a aquella posibilidad dentro de su cabeza.

Sabía que la estaba golpeando por todos los frentes y contuvo la culpabilidad, porque culpa era lo último que debería estar sintiendo. Lo cierto era que quería llevar aquello a su inevitable conclusión, y estaba decidido a conseguir el resultado que buscaba tanto si a ella le gustaba como si no. Abigail iba a tener que mirar más allá de sí misma y asumir la imagen grande, así que para Leandro era necesario dibujar todos los campos de minas potenciales que la esperaban si no se dejaba convencer por su punto de vista. Era así de sencillo, porque en el amor y en la guerra todo valía.

–A menos –musitó Leandro pensativo–, que tengas pensado escalar a las embriagadoras cimas del éxito económico.

–Te odio –Abigail lo miró fijamente y él alzó las cejas en respuesta.

–Odias lo que te estoy diciendo, pero tienes que escucharlo porque estamos en una situación que requiere una solución... y antes de alcanzarla es importante que des un paso atrás y mires todo desde todos los ángulos posibles.

–¿Cómo puedes ser tan... tan frío en un momento así?

–¿No te gusta que lo sea? ¿Cuál es la alternativa? ¿Quedarme ahí sentado sollozando y retorciéndome las manos con desesperación?

A Abigail le llegó su sentido del humor irónico, pero no tanto como para hacerla sonreír. ¿Por qué no podía ser simplemente un completo malnacido en lugar de recordarle que había mucho más dentro de él? En aquel momento lo último que quería era ver al hombre complejo del que se había enamorado, el hombre que podía ser tan inteligente como el diablo y tan divertido como un cómico. No quería verlo tridimensional.

Se puso de pie agitada y empezó a recorrer la estancia. Miró a todo lo que la rodeaba, la opulencia que destilaba cada superficie.

–Puede que mi casa sea pequeña, pero este apartamento resulta ridículo y peligroso para un niño –le espetó acusadora. Se colocó delante de él con los brazos en jarras y al instante lamentó haberlo hecho porque su personalidad la deslumbraba.

–Agradezco tu sinceridad –respondió Leandro como seriedad.

–No, no la agradeces –le espetó–. No creo que te guste que nadie sea sincero contigo.

–Te equivocas. Tú fuiste sincera conmigo respecto a algunas cosas cuando estábamos juntos. Recuerdo muy bien que me dijiste que vivía en una torre de marfil, y también que me enseñaste que una cena de comida rápida puede ser divertida. Dijiste que era un presumido al que le gustaba alardear de mi dinero y te reíste porque me sentí ultrajado.

Abigail sintió una oleada de calor en las mejillas y lo miró fijamente, sorprendida durante unos segundos porque recordara aquel incidente cuando estaba claro

que no había estado tan enganchado a ella como ella a
él. No había tardado ni dos minutos en encontrarle sus-
tituta.

Asombrada, ganó algo de tiempo al seguir mirándolo fijamente.

–Todo aquí es blanco –señaló el sofá en el que Leandro estaba sentado–. Un niño pequeño causaría estragos en tus muebles, y ese pasamanos casi inexistente...
–miró hacia atrás–. Es prácticamente imposible que no
suceda un accidente.

–Así que has decidido que no puedes quitarme de la
foto. Bien. En eso estamos de acuerdo.

Abigail se volvió a sentar. Supuso que ahí iba a co-
menzar la conversación, el punto de arranque para llegar a un acuerdo de visitas o algo así. Se enfrentaba a
un futuro en el que Leandro iba a formar parte de su
vida para siempre, dos personas en caminos paralelos
unidos por el hijo que tenían en común. Tragó saliva y
lo miró fijamente.

–Supongo que podemos acordar un régimen de visitas –concedió–. ¿Quieres que firme algo? Y si quieres
contribuir económicamente, me parece bien –aspiró
con fuerza el aire al recordar la vaga amenaza que le
había soltado antes–. Pero de ninguna manera permitiré
que intentes apartar a Sam de mí –afirmó sin pestañear.

–Ni se me ocurriría –la tranquilizó él.

–Pero antes has dicho...

–Te aconsejé que contemplaras esa opción –aseguró
Leandro–. Vamos a ver –murmuró en un tono bajo que
la hizo estremecerse y provocó un efecto extraño pero
predecible en su sistema nervioso–. Tienes razón respecto a mi apartamento –se reclinó e hizo un gesto hacia lo que le rodeaba sin apartar los ojos de ella–. No es
apto para niños, así que puedes cambiarlo.

–¿Disculpa?

–Piensa en ello como un lienzo en blanco. Puedes hacer todo lo que quieras para empezar desde cero.

–No te sigo...

–Y luego, cuando hayas conseguido exactamente lo que quieres –continuó Leandro–, podemos pensar en buscar algo fuera de Londres, pero no tan lejos como mi casa de Cotswolds. De hecho hay varias personas que están deseando echarle el guante a Greyling. Puedo darle a una de ellas lo que quiere y podemos buscar algo mejor comunicado. ¿Qué te parece Berkshire?

–¡No te sigo, Leandro!

–Claro que me sigues –afirmó él con tono suave–. Tenemos un hijo, y no voy a liarme con derechos de visita y batallas por la custodia. Nunca pensé en ser padre, pero ahora que ha surgido pienso enfrentarme a ello de la manera más lógica posible. Un niño se merece contar con su padre y con su madre y con la estabilidad de un contexto unido.

Leandro suspiró y se pasó los dedos por el pelo.

–Mis padres estaban casados –le contó en tono bajo–. Pero ahí se acababa la unión. Y tú deberías saber exactamente a qué me refiero. Aunque no lo hubiéramos planeado, tenemos un hijo, y mi intención es que crezca con la presencia de los dos en un ambiente estable. Es lo único que acepto.

–Entonces, estás hablando de...

–De casarnos, Abigail. Te guste o no, no hay otro camino.

Capítulo 6

QUE NO hay otro camino? —repitió Abigail con el impacto dibujado en la cara. Se le habían pasado por la cabeza un millón de posibilidades de lo que podría ocurrir desde que le contó a Leandro lo de Sam, pero nunca pensó en una proposición de matrimonio.

—Exacto. Como te he dejado claro, no voy a someter a nuestro hijo a una situación de idas y venidas entre nosotros.

—No podemos casarnos, Leandro —le había subido la voz un par de octavas y rozaba la histeria.

Tragó saliva y aspiró con fuerza el aire varias veces contando hasta diez, porque acercarse a esa situación a gritos solo serviría para dejarla en una posición de desventaja antes incluso de iniciar las negociaciones.

—En un mundo ideal, un hijo es una incorporación más a una unidad familiar bendecida por unos padres que se quieren, pero esto no es un mundo ideal. Decirme que vamos a aportarle algo a Sam si nos casamos es... es una fantasía.

Leandro se sonrojó de un color oscuro. Se había ofrecido a hacer el mayor sacrificio del que era capaz por el bien de su hijo y le enfurecía que ella le tirara la propuesta a la cara sin molestarse en pensarlo. Bajo la rabia había también un cierto rencor. Muchas mujeres se habrían cortado una mano por recibir la propuesta que Abigail estaba tirando egoístamente por la borda.

–¿Desde cuándo es una fantasía querer lo mejor para un hijo?

–El matrimonio no es algo necesario en estos tiempos –le contestó ella con una voz angustiada que le puso de los nervios.

Abigail se puso de pie y empezó a recorrer otra vez la estancia toda blanca. Con solo mirar a su alrededor se daba cuenta de la gran diferencia que había entre ellos. Eran como el día y la noche, y no resultaba extraño que la hermana de Leandro se hubiera quedado abatida al conocer su relación. Cuando él le dio la espalda se quedó sola en su apartamento de Nueva York recogiendo sus cosas, y tuvo el placer de escuchar a Cecilia despotricar sobre lo poco adecuada que era para su hermano.

–Leandro necesita a alguien de su misma clase –le había espetado mientras Abigail hacía el equipaje en silencio, demasiado angustiada por la desaparición de Leandro como para prestar demasiada atención a lo que la otra mujer le decía–. No eres buena para él. No puede salir còn una ladrona, así que menos mal que tuve la ocurrencia de involucrarme y sacar tu pasado a la luz. En caso contrario, ¡solo Dios sabe lo que podría haber pasado!

Resultó que no habría pasado nada. El hecho de que a Leandro le resultara tan fácil marcharse lo decía todo. Y ahora estaba allí, proponiéndole matrimonio. Pero Abigail seguía siendo la misma persona inadecuada para él, la misma persona a la que le había resultado tan fácil dejar.

–Estoy dispuesta a dejarte ver a Sam cuando quieras –le dijo–. Y entiendo que tú puedes darle oportunidades que yo no podría ofrecerle ni en un millón de años, así que por supuesto, si quieres contribuir económicamente no tengo ningún problema. Pero sería un desastre absoluto que tuviéramos cualquier otro tipo de relación. El mundo está lleno de niños que crecen felices con sus padres separados o divorciados.

–No me importan todos esos niños felices que según tú están encantados cuando sus padres se separan –afirmó Leandro con calma.

–¿Por qué no quieres escucharme? –le espetó ella–. No pertenecemos al mismo mundo y esto nunca funcionaría. Tu hermana tenía razón en eso. Yo soy de una clase social distinta y nunca nos entenderemos a menos que tú quieras dejarte infectar por mí. Así que, ¿matrimonio? No duraríamos ni cinco minutos, una ruptura sería peor para un hijo que dos adultos capaces de comunicarse de modo amistoso pero que no tienen que cargar el uno con el otro.

–Rebobina –Leandro frunció el ceño–. ¿De qué estás hablando?

–Esto terminaría en lágrimas, Leandro. No puedes unir a dos personas que no se caen bien y esperar que funcione por el bien de un niño, especialmente si ese niño es el resultado de un accidente.

–¿Qué te dijo Cecilia?

–¿Cómo? –Abigail se lo quedó mirando perpleja. Siempre era peligroso mirarle, porque había descubierto que cuando empezaba no podía dejar de hacerlo, y ahora no era diferente aunque estuvieran en medio de una acalorada discusión. O al menos ella lo estaba. Leandro parecía tan seguro de sí mismo, tan controlado, tan guapo. No era de extrañar que se hubiera enamorado hasta las trancas de él y que incluso ahora, cuando la parte amorosa se había estrellado, su cuerpo todavía respondía a su magnetismo.

–Admito que no había necesidad de que Cecilia acudiera en mi rescate –Leandro torció el gesto porque nunca había conseguido dejar atrás la costumbre de consentir a su hermana, pero ahora podía ver que era terca lo que en el pasado podía haberse interpretado como una energía juvenil–. Pero lo hizo con la mejor de las intenciones.

Abigail no pudo contenerse. Puso los ojos en blanco y apretó los dientes, porque para ser un hombre tan inteligente parecía mentira que pudiera resultar tan tonto.

Leandro, momentáneamente distraído, frunció el ceño.

–Es muy protectora conmigo –continuó–. Es el sello de la casa. Yo cuidé de ella de niña porque nuestros padres estaban demasiado ocupados fingiendo que no tenían que ser adultos.

–Cecilia no es protectora –se precipitó a afirmar Abigail–. Es posesiva, y eso no es sano. Bueno, de acuerdo –sintió la necesidad de ser justa–, puede que sea protectora y tal vez le preocupara que te vieras envuelto con alguien que pudiera ir tras tu dinero, pero esa no es la única razón por la que estaba decidida a que rompiéramos. Cecilia pensaba que yo no era lo suficientemente buena para ti y lo dejó muy claro cuando tú ya no estabas delante. «Eres una vulgar zorra que debería volver al basurero del que salió arrastrándose». ¡Así fue como lo dijo!

Abigail suspiró y se sentó mirando fijamente los dedos extendidos sobre el regazo. Se sentía mal hablando de su hermana cuando no estaba allí para defenderse, pero, ¿por qué no debería saber Leandro lo que Cecilia pensaba? La diferencia de clases era otro asunto a tener en cuenta, tanto si le gustaba como si no.

–Cecilia y yo no estamos tan unidos como en el pasado –murmuró Leandro reflexivo. ¿Había sido demasiado generoso perdonando una parte de su hermana que resultaba más sencilla de ignorar que de reconocer? Recordó el entusiasmo de Cecilia cuando él mordió el anzuelo y empezó a salir con Rosalind, la compañera perfecta sobre el papel, con el pedigrí adecuado y las credenciales necesarias.

–Siento haberte contado esto, Leandro –le dijo Abigail forzada–. Pero Cecilia tenía razón. No venimos del mismo ambiente.

–Nos estamos yendo del tema –ya pensaría en su hermana más tarde. Había apartado los ojos del balón con ella y tal vez había llegado el momento de corregir aquel descuido, pero ahora mismo había cosas más importantes en las que pensar.

–No. Solo estoy intentando que veas por qué esta proposición de matrimonio tuya no tiene sentido.

Leandro la miró. Sus brillantes ojos estaban opacos.

–No estoy preparado para que haya otro hombre en tu vida –le espetó bruscamente–. Porque inevitablemente tendrá influencia sobre mi hijo.

Abigail se rio, porque resultaba absurdo que pensara que pudiera haber otro hombre en su vida. Apenas había mirado a ningún otro a la cara desde Leandro y se ponía enferma solo de pensar en seguir adelante y hacer cosas normales como quedar con otros hombres y conocerlos.

¿Quién podría compararse con él? Lo miró a regañadientes y comparó a toda velocidad a Leandro con todos los hombres solteros con los que se había comunicado o incluso solo mirado durante toda su vida.

Leandro ganaba de cabeza, y no solo por su aspecto. Tenía un dinamismo increíble, una gran vitalidad y un magnetismo sexual abrumador. Abigail lo había notado desde el momento en que se acercó a ella en el vestíbulo de aquel hotel y se había dejado llevar. Fue después cuando se dio cuenta de que Leandro podía tener a cualquier mujer, y que la relación que para ella había ido cobrando más y más significado, para él había continuado exactamente en el mismo lugar en el que empezó.

–¿Cómo te sentirías tú si hubiera otra mujer en mi vida? –le preguntó él sagazmente.

Y Abigail salió de la ensoñación en la que se había metido. Parpadeó, se centró y pensó en lo que acababa de decirle.

¿No sería más lógico que él se hartara? Las mujeres con hijos no eran nunca vistas como sirenas sexuales, y en un nivel práctico, Abigail sabía que no encontraría tiempo para salir a pasear por la ciudad. Seguiría con su trabajo porque quería mantener su independencia, y entre el trabajo y cuidar de Sam, su vida sería tan caótica como siempre había sido. Pero un hombre con un hijo a remolque, mejor dicho, un soltero multimillonario y sexy con un hijo a remolque, sería todavía más atractivo porque no había nada más sexy que un hombre empujando un cochecito de bebé. Leandro no tendría siquiera que esforzarse, y más pronto que tarde aparecería una Rosalind que intentaría echarle el lazo. Había muchas posibilidades de que, teniendo en cuenta al niño, se mostrara más a favor de la idea de casarse. Buscaría inconscientemente una compañera con la que poder compartir las labores de la paternidad.

¿Cómo se sentiría Abigail al respecto?

Empezó a transpirar. Por supuesto, de eso iba compartir un hijo, se dijo con firmeza. Familias mezcladas. Pasaba todos los días.

Desafortunadamente, pensar en una familia mezclada con Leandro en el papel principal y alguna rubia espectacular de clase alta como protagonista la hacía sentirse enferma.

Leandro se puso de pie de pronto y consultó su reloj.

–¿A qué hora recoges a Sam?

Abigail lo miró algo mareada y parpadeó como un búho.

–Dentro de un par de horas –admitió.

–¿Le dejas en la guardería todos los días de nueve a seis?

Abigail se molestó y le siguió hasta la cocina, donde él empezó a sacar cosas de la alacena para preparar café.

–Vanessa es muy generosa con mi horario –le informó–. Entro a las nueve y media, trabajo hasta las cuatro y tengo los viernes libres. Ella entiende las presiones de las madres trabajadores, algo que no hacen muchos jefes.

La mente de Abigail seguía furiosa dándole vueltas a la imagen de Leandro asentado con otra mujer, una mujer destinada a llevar el anillo de compromiso que se había guardado como inversión. ¿No sería justo decir que le daría rabia que otra mujer abrazara a Sam? ¿Le hiciera carantoñas? ¿Le columpiara en el parque?

¿Se reiría con Leandro, le tomaría de la mano y planearían juntos las vacaciones de la familia perfecta con Sam?

–No apruebo que mi hijo está metido tantas horas en una guardería –afirmó Leandro con rotundidad–. ¿Y tú? Sé sincera.

Abigail vaciló y luego contestó a la defensiva.

–¿Qué opción tenía? Tenía que salir y encontrar trabajo para conseguir un techo bajo el que cobijarnos.

–Y sin embargo nunca te planteaste buscarme para pedirme ayuda.

–No. Ni una sola vez –confesó ella con sinceridad.

–Debes haberte sentido muy sola –comentó de pronto Leandro, sorprendiéndose a sí mismo y a Abigail con aquel comentario.

Ella se sonrojó y dudó un instante. Leandro le había preparado un café sin que ella se diera cuenta. Y extrañamente recordaba cómo lo tomaba, muy fuerte y con poca leche.

–Lo superé –dijo alzando la barbilla con dignidad.

Leandro la imaginó siendo niña y teniendo que cuidar de sí misma, haciendo todo lo necesario para ir dando un paso después de otro. Aquello le hizo pensar en los cargos por robar en la tienda que habían presentado contra ella, y sintió una repentina oleada de simpatía hacia su juvenil deseo de encajar en el grupo.

–Lo hiciste –se la quedó mirando pensativo hasta que Abigail se puso roja y empezó a manosear el asa de la taza–. Estoy haciendo que esto parezca un acuerdo de negocios –bromeó.

Abigail le miró de reojo

–¿Y no lo es? –preguntó–. Acabas de descubrir que tienes un hijo y... y siento no habértelo contado en su momento. Tal vez debería haberlo hecho, pero en aquel momento me pareció mejor guardármelo para mí.

Abigail suspiró y se enredó distraídamente un mechón de pelo que había escapado del tirante moño que llevaba.

–Y ahora te tienes que enfrentar al «problema»... sí, así fue como lo llamaste, Leandro. Y buscar la solución más lógica que se te ocurra y que case con tu deseo de ser padre a tiempo completo ahora que te ves colocado en la situación de tener que hacer algo.

–Así es.

–La mayoría de los hombres entenderían lo que quiero decir. Verían que es imposible pensar en casarse con alguien de quien no estás enamorado por el bien de un hijo.

–Efectivamente.

–Pero tú tienes que ser distinto, ¿verdad, Leandro? –dijo Abigail con una mezcla de impotencia y frustración.

Se puso de pie, se acercó al lavabo de acero y se quedó mirando por la ventana durante unos segundos hacia la vista que no podía ser más diferente de la que ella tenía desde el fregadero de la cocina. Luego se dio la vuelta, se apoyó en la encimera y lo miró fijamente.

–Así que no puedes decirme que esto no es un acuerdo de negocios, ni tampoco que acercarse al matrimonio como si fuera una transacción comercial no puede ser nunca algo bueno.

–Bueno –murmuró Leandro pensativo–, lo cierto es que creo que un matrimonio basado en un acuerdo de negocios tiene más posibilidades de salir bien. Mira las otras opciones, cuando entran en juego los sentimientos. O bien está la desilusión que te rompe el alma cuando se cae el barniz dorado y empieza a aparecer el óxido o, todavía peor, está la pasión sin fin que no deja espacio para nada más y terminar destruyéndolo todo alrededor.

–Eres muy cínico.

–Estoy siendo realista, Abby –Leandro la miró fijamente–. Dejando a un lado esas dos opciones, la transacción empresarial es una opción estupenda. Pero... –se puso de pie y se acercó hacia ella. Abigail sintió cómo se le erizaba el vello de la nuca–. Como he dicho, esto no es solo una transacción comercial, ¿verdad? –se detuvo frente a ella y se inclinó hacia delante, apresándola al colocar una mano sobre la encimera a cada lado de su cuerpo.

–Por supuesto que sí –farfulló Abigail.

–Las transacciones comerciales no tienen en cuenta la clase de química que hay entre nosotros –aseguró Leandro con rotundidad–. Los negocios son fríos, calculadores y carentes de la carga sexual que hace que a nosotros nos cueste trabajo mantener las manos alejadas uno del otro. En un sentido, sería mejor que no complicáramos la situación dándonos el uno al otro lo que ambos queremos. Y por supuesto, si te mantienes firme en tu decisión, no complicaremos las cosas. Aceptaremos que haya otras personas en nuestras vidas.

Leandro se encogió de hombros. Estaba jugando una carta peligrosa, pero Abigail podía llegar a ser terca como una mula, y no podía parecer que él estaba forzando la mano. Aunque utilizó un tono natural y despreocupado, de fría indiferencia, se dio cuenta de que se estaba preguntando con tensión cómo iba a salir aquello.

–Soy un hombre muy sexual –admitió–. No podría mantenerme célibe durante un largo periodo de tiempo.

–Eso es muy vulgar, Leandro –pero pensar en ello la hacía sentirse enferma.

–Yo prefiero llamarlo sinceridad –se hizo el silencio entre ellos, y luego Leandro se inclinó para rozarle los labios con los suyos–. Y si tengo que ser sincero del todo, te diré que prefiero ser un hombre muy sexual contigo.

–Leandro...

–Te deseo, Abby, y no quiero que seas mi mujer solo porque eres la madre de mi hijo. Te quiero como amante porque ninguna otra mujer me ha excitado como tú.

Volvió a besarla, pero esta vez con más pasión. Le recorrió la lengua con la suya y ella gimió suavemente en su boca. Leandro le tomó la mano y la guio hasta la entrepierna, presionándola firmemente allí. La sensación resultó exquisita. Ya no le importaba asustar a Abigail. Podía sentir su deseo irradiando de ella con unas oleadas que coincidían con las suyas.

Sin darle tiempo a que empezara a pensar en el puñado de razones que tenían para detenerse, Leandro le sacó la formal camisa blanca de la cinturilla de los pantalones y empezó a desabrochársela. En cierto momento se rindió y empezó a tirar de ella, mandando al diablo lo botones. Abigail enseguida tendría suficiente dinero para comprarse todas las camisas blancas formales que quisiera. Le cubrió un pecho con la mano en gesto posesivo y se lo masajeó a través del sujetador de encaje. Encontró el rígido montículo del pezón y lo acarició en círculos con el pulgar hasta que a ella se le aceleró la respiración.

«Mal, mal, mal», le gritaba a Abigail la cabeza. Pero lo cierto era que no se saciaba de él. Nunca podría saciarse de él. Se apretó más contra su cuerpo, sintiendo su dureza y lamentando la barrera de la ropa.

Sin dejar de besarla, Leandro se apartó lo suficiente como para poder quitarse la camisa. Luego le apartó la mano y se desabrochó los pantalones.

—Estoy en el cielo —jadeó mientras las manos de Abigail se curvaban bajo su camisa abierta.

Le liberó los senos y luego le desabrochó el sujetador. Sin darle tiempo a pensar, la tomó en brazos y la sacó de la cocina para subir las escaleras que llevaban a su dormitorio. Las débiles protestas de Abigail fueron recibidas con un beso apasionado que acabó con todo pensamiento de resistencia que pudiera tener.

Tenía todo el cuerpo sonrojado y tembloroso mientras le veía acercarse rápidamente hacia las persianas, cerrándolas para dejar fuera la diluida luz de la tarde. Cuando llegó a la cama, donde depositó a Abigail con suavidad, Leandro ya estaba desnudo.

Hermoso. Era tan hermoso como la estatua griega de un dios, todo músculo y con un estómago plano como una tabla de lavar. Leandro se colocó al lado de la cama y ella se incorporó, semicerró los ojos y lo tomó con la boca.

Leandro contuvo el aliento y le hundió los dedos en el pelo. Abigail sabía cómo complacerle, moviéndose rápido y luego más despacio, agarrándole con la mano y girándole hacia todas direcciones. Solo la apartó cuando supo que alcanzaría el clímax en su boca si seguía adelante, y no quería hacerlo.

Iba a hacerla suya despacio y profundamente. No solo era su amante, era la madre de su hijo, y sintió una punzada de orgullo y de posesividad que nunca creyó posible.

La desnudó. Le resultó familiar y excitante volver a redescubrir aquel cuerpo que siempre tenía la capacidad de volverle loco. Cuando estuvo desnuda se colocó a horcajadas sobre ella y miró su exquisito y delicado rostro y los preciosos senos coronados por discos circulares que ansiaba lamer con la lengua.

—Me vuelves loco —gimió. Y ella le sonrió somnolienta.

—Menos hablar —Abigail extendió la mano y le acarició la punta de la virilidad con el dedo sin dejar de mirarle, encantada con la reacción que provocó con aquel pequeño gesto.

Leandro gruñó.

—Iba a tomarme mi tiempo...

—¿Quién ha dicho que yo quiero que lo hagas? —Abigail se revolvió debajo de él y abrió las piernas.

Leandro se apretó al instante contra su cuerpo. Estaba completamente lista para él, y le deslizó un dedo dentro hasta que ella se retorció contra su mano como un caballo salvaje. Tuvo que hacer un esfuerzo para contener la urgencia de eyacular. No podía esperar. Abigail no quería que esperara.

Se cernió sobre ella apoyado sobre ambas manos y la penetró. Tenía un cuerpo que siempre le había parecido hecho especialmente para acomodarse al suyo, envolviéndolo y apretándolo, llevándole a la cima del placer a la velocidad del rayo.

Abigail gritó. Le clavó las uñas cortas y cuadradas

en la parte inferior de la espalda, y luego alzó las piernas y le rodeó la cintura con ellas mientras Leandro entraba con fuerza en ella.

Se arqueó cuando llegó a una explosión de miles de fuegos artificiales que la atravesaron por completo. Soltó unos gritos guturales que apenas reconocía. Con Leandro había aprendido a perder todas sus inhibiciones. Llegó al punto más alto, apenas consciente de que él también se dirigía a toda prisa hacia el orgasmo. Oleada tras oleada de un indescriptible placer se apoderaron de ella, una marea imparable que le llenó los ojos de lágrimas de felicidad.

Llegar al clímax la llenó de una alegría tan intensa que le resultó difícil recordar la gravedad de lo que habían estado hablando y las repercusiones de las decisiones que habría que tomar. En un gesto nacido del hábito, Abigail suspiró y le abrazó.

Le gustaba acurrucarse, Leandro se acordaba. Igual que recordaba que él también lo había disfrutado aunque era algo que tendría que rechazar porque estaba acostumbrado a saltar la cama en cuanto terminara el sexo con la mujer que estuviera.

Nunca habían sido de los de la charla postcoito, y mucho menos de acurrucarse. Cuando estaba a punto de quedarse dormida, Abigail abrió los ojos de golpe, se apartó y le miró horrorizada.

—¡No hemos usado preservativo! —jadeó. Al ver que Leandro no respondía con la misma demostración de horror, lo repitió por si acaso había sufrido una repentina pérdida de audición—. ¿Has oído lo que acabo de decirte, Leandro? ¡No hemos usado preservativo y yo no estoy tomando la píldora ni nada de eso!

—Cásate conmigo, Abigail —la atrajo hacia sí, insertó los muslos entre sus piernas y se movió despacio contra ella, excitándola una vez más.

–Leandro...

–¿Te atreves a negar después de lo que acabamos de hacer que hay un lazo poderoso entre nosotros?

–El sexo no es un lazo poderoso –negó Abigail con aterradora falta de convicción–. ¿Esa es la razón por la que querías hacerme el amor? ¿Para poder demostrar tu punto? Eso sería algo terrible.

–No quería hacerte el amor por eso –afirmó Leandro con absoluta sinceridad–. Quería hacértelo porque no puedo resistirme a ti.

–El deseo es pasajero –se vio obligada a señalar ella.

–La mayoría de las cosas lo son, pero. ¿quién dice que desaparece más deprisa que todas esas estimulantes emociones que la gente llama «amor»? Podría haberte dejado embarazada ahora mismo.

–Eso sería terrible –gimió Abigail. Pero Leandro seguía haciendo aquello contra su pierna, y le estaba resultando difícil seguir el rastro de por qué debería estar horrorizada.

Pero debería estarlo, ¿no? Leandro no la amaba y nunca lo haría, y el deseo sí se desvanecía. Y no dejaba nada atrás, nada concreto que pudiera sostener los muros de una relación. Sin amor, aquella fortificación se derrumbaría en cuanto el sexo empezara a diluirse.

Pero Leandro seguía moviendo el muslo entre sus piernas y Abigail sintió que estaba otra vez subiendo hacia el orgasmo. Se frotó contra él y lo alcanzó estremeciéndose, gimiendo y agarrándose a sus anchos hombros, sin importarle que él estuviera mirando su rostro sonrojado y su boca abierta y escuchando los sonidos de su satisfacción física. De hecho le gustaba la sensación de ser observada. Resultaba muy sexy.

Un pensamiento fugaz le atravesó la mente. Si a Leandro no lo importaba la idea de dejarla embarazada, ¿qué significaba eso?

Le decía una cosa, que quería que su relación funcionara. No quería casarse con ella con el divorcio como opción plausible. Si ese hubiera sido el caso nunca se arriesgaría a dejarla embarazada de un segundo hijo.

¿Podría funcionar realmente lo que tenían?, se preguntó. Vio pasar a toda prisa todas las ventajas de una situación que previamente había descartado por ridícula.

Sam tendría a su padre y a su madre para él y eso solo podía ser bueno. En lo referente a ser padres había que dejar de lado todo egoísmo y hacer lo mejor para el niño, y aunque le costara reconocerlo, se dio cuenta de que formar pareja con Leandro sería lo mejor para su hijo.

Luego estaba la cuestión de las vidas separadas de la que había hablado Leandro. Si estaban juntos Abigail no tendría que preocuparse de que se lanzara a los brazos de alguna mujer que quisiera demostrar que podría valer como madrastra. No tendría que enfrentarse a un futuro desgarrado por unos celos que se vería obligada a disimular.

Porque sí estaría celosa. No podía soportar la idea de que Leandro se acostara con otra mujer.

Porque seguía enamorada de él.

Aquella certeza no la asaltó como un muñeco sorpresa, como una revelación impactante. Salió arrastrándose como algo que en el fondo hubiera sabido todo el tiempo. El deseo no duraba, pero si ambos trabajaban duro en hacer que las cosas fueran bien entre ellos, entonces, ¿quién decía que algún día Leandro no llegaría a amarla como ella a él? Ahora sabía todo lo que había que saber sobre ella. Sabía quién era y de dónde venía.

De pronto el futuro apareció ante ella lleno de posibilidades.

—No dices nada —Leandro sintió de pronto la urgencia de que Abigail le sacara de la duda–. Dime qué estás pensando.

–Apuesto a que es algo que nunca le habías pedido a ninguna mujer con anterioridad –bromeó ella.

Y Leandro se relajó. Era una locura, pero se sentía muy aliviado porque Abigail ya no estaba luchando contra él. Su intención era sacarle todo el jugo posible a aquello aunque le matara.

–¿Y bien? –insistió impaciente.

Abigail suspiró y observó las familiares líneas de su hermoso rostro.

–Tienes razón –murmuró con suavidad–. Sam se merece la oportunidad de tener a su padre y a su madre ahí para él. Pero... –vaciló un instante y luego continuó–. No me casaré contigo. Vivamos juntos, Leandro. Veamos si podemos funcionar bien como padres.

No era lo que él quería, pero supuso que era mucho mejor que nada.

–Si así es como quieres hacerlo, entonces me parece bien –concedió graciosamente mientras hacía planes mentales para mejorar aquella concesión lo más rápidamente posible–. Veremos si las cosas funcionan entre nosotros. Por el bien de nuestro hijo.

Capítulo 7

ABIGAIL se quedó mirando la cabaña. Estaba en una zona preciosa, a cuarenta y cinco minutos de Londres, y se podía acceder por caminos rurales muy bonitos.

Todavía tenía que pellizcarse para creer que Leandro fuera el mismo hombre que había asegurado tan solo unas semanas atrás que solo buscaba sexo en ella, que solo era un asunto inacabado al que quería poner punto final.

Cuando decidió hablarle de Sam no supo qué esperar. Leandro no la amaba. De hecho más bien todo lo contrario. Y el matrimonio no había estado en sus planes antes. Ni siquiera Rosalind, que pertenecía a su mismo círculo social y tenía conexiones impecables, había conseguido persuadirle para llevarle al altar.

Pero tras el impacto inicial, Leandro había reagrupado sus fuerzas y había manejado la bomba que le habían arrojado a los pies con admirable aplomo. La proposición de matrimonio había surgido de un pronunciado sentido del deber, algo que Abigail imaginó porque en cuanto le dieron una salida estuvo dispuesto a aceptar una alternativa que le comprometía mucho menos.

Desde que tomaron la decisión de vivir juntos casi dos meses atrás, Leandro había sido un modelo de amabilidad. Parecía dispuesto a cualquier cosa con tal de cumplir su deseo de ser un buen padre. A Abigail no le sorprendió mucho, porque Leandro siempre había sido un hombre que se empleaba al cien por cien en todo lo que hacía. Esa era una de las razones por las que había conseguido triunfar siendo tan joven.

No había huido del compromiso al verse frente al impacto de una paternidad impuesta, sino que se había enfrentado de cara a la situación.

Resultaba muy tentador creer que sentía algo por ella y no solo por Sam, pero Abigail no era idiota. Se habría casado con ella porque era tradicional hasta la médula y no veía nada malo en hacer un sacrificio extremo por el bien de su hijo. Abigail había llegado a entender mejor durante las últimas semanas la razón. De vez en cuando, cuando él tenía la guardia bajada, dejaba caer pequeños fragmentos de información sobre su propia infancia, y ahora Abigail tenía una idea más aproximada del niño que se había convertido en aquel hombre.

En cualquier caso, felizmente liberado del deber de tener que ponerle un anillo en la mano, Leandro estaba haciendo lo mejor, que era demostrarle que podía ser el mejor padre posible.

El único punto oscuro era el hecho de que creía entender la razón. Cuando Leandro hubiera demostrado lo que era capaz de hacer se alejaría de ella, consciente de que Abigail nunca intentaría romper el lazo que estaba creando con Sam. Todavía le ponía enferma pensar en que se lanzara directamente a los brazos de otra mujer, pero la oferta de matrimonio ya no estaba sobre la mesa, y ella tuvo muy buenas razones para rechazarla.

Y, sin embargo, todo era perfecto. Abigail quería creer en lo imposible y estaba constantemente luchando para no dejarse arrastrar por la idea de que todos los grandes gestos significaban algo más de lo que realmente eran. Pero a medida que transcurría el tiempo, cada vez se encontraba más veces pensando que las cosas estaban cambiando realmente entre ellos. Eran una pareja en todos los sentidos, y si Leandro no sentía lo mismo por ella que ella por él, ¿quién decía que no podría cambiar con el tiempo? Abigail sabía que la esperanza podía ser una amiga o una enemiga y trataba de evitarla como una plaga, pero seguía apareciendo para llenarle la cabeza de fantasías y presentarle un futuro rosa y lleno de color.

Aquella idílica cabaña estaba sin duda en lo más alto del espectro del mundo rosa y lleno de color.

—Cuando dijiste que tenías una sorpresa para mí no me esperaba algo así —murmuró acercándose a la valla blanca tipo casita de muñecas, perdida en la agradable fantasía de lo perfecta que podría ser la vida allí.

Lamentaba no haber llevado a Sam, pero las cinco de la tarde estaban peligrosamente cerca de la hora de la cena y el baño, y la niñera que Leandro había contratado varias semanas atrás la había convencido para dejar al niño en el apartamento. Abigail se dejó convencer con facilidad, porque sabía lo exigente que podía volverse su hijo cuando empezaba a estar cansado y tenía hambre.

—¿Te gusta? —Leandro se acercó despacio a su lado.

No podía haber escogido una tarde más agradable. Se notaba la primavera en el ambiente aunque el sol estaba bajo. El lugar resultaba encantador con sus rosas trepadoras y el camino limpio hacia la puerta de entrada.

Había tenido que darle mucha coba al agente inmobiliario porque aquel era justo el tipo de lugar que estaba buscando. Aunque podría decirlo también de otra manera: Aquel era justo el tipo de lugar al que normalmente no habría mirado ni de reojo en un millón de años.

Pero a pesar de sus orígenes y de los momentos tan duros que había tenido que atravesar Abigail, incluido el embarazo que tuvo que pasar sola, era una romántica de corazón y eso era algo que Leandro había visto desde que se conocieron. No le gustaba su moderno, blanco y minimalista apartamento porque lo que quería era justo lo que estaba mirando ahora con la boca abierta y los ojos como platos.

–Me encanta –Abigail se giró hacia él y le sonrió, y Leandro quiso hacer lo que siempre deseaba cuando la tenía cerca: Arrastrarla como un cavernícola y hacer con ella lo que quisiera.

Todavía podía despertar su libido en cinco minutos y aquello no daba muestras de disminuir, lo que suponía una especie de milagro dada su predilección a los finales rápidos en lo que a las mujeres se refería.

–Pero habíamos acordado que cada decisión que tomáramos sería porque los dos queríamos –Abigail frunció el ceño y le miró muy seria–. ¿De verdad te gusta este sitio? No se parece en nada a tu apartamento.

–¿Podemos entrar antes de iniciar esta conversación? La cabaña está vacía y el agente inmobiliario dijo que podíamos tomarnos nuestro tiempo y luego dejar las llaves en el buzón.

Abigail observó la hipnotizadora belleza de su rostro bronceado y no pudo evitar caer un poco más deprisa en la seductora esperanza de que todas aquellas atenciones podrían suponer algo más que una actitud considerada por parte de un hombre que quería construir una amistad sólida con ella antes de desaparecer de su vida.

–De acuerdo –Abigail sonrió feliz mientras Leandro abría la puerta de la valla y la guiaba hacia la puerta de entrada–. Es que nunca pensé que pudiera gustarte un sitio así...

–Las cosas son algo diferentes cuando hay un niño en el que pensar –señaló Leandro. Y Abigail contuvo un suspiro, porque por supuesto, todo aquello se estaba haciendo por Sam.

Tras los primeros e inciertos pasos en el asunto de crear lazos, Leandro se había ido volviendo cada vez más seguro con su hijo. Al principio lo abrazaba con los brazos rígidos, con la expresión confusa de alguien que no estaba muy seguro de qué hacer con aquel bulto que se movía. Pero ahora Leandro se sentía lo bastante seguro como para bañar al niño, y no parecía importarle que le pusiera los dedos sucios en su carísima ropa. Mostraba una paciencia sin límites ahora que Sam había empezado a andar, y si había que poner alguna pega, sería que tenía una tendencia a consentir en exceso a su hijo con regalos.

–Greyling está demasiado lejos y es muy grande –señaló Leandro con lógica irrefutable–. Y mi apartamento, como tú dices, es demasiado... blanco. Esto parece un buen punto medio –abrió la puerta y entraron.

Leandro había visitado la casa con el agente inmobiliario un par de días antes. Sabía qué esperar. Ahora observó cómo Abigail giraba lentamente en círculo en el pequeño vestíbulo con su atractivo suelo de adoquines.

–Guau.

Al mirar más de cerca, Leandro pudo ver algunas baldosas rajadas cerca de la pared, pero la siguió en su entusiasmo mientras exploraban la cabaña, que era grande por dentro aunque no lo parecía y tenía una disposición muy original.

Abigail se maravilló con todo, desde las barandillas y frisos encalados hasta la amplitud de la cocina y todas las chimeneas abiertas que había en las habitaciones. Se expandió de manera lírica sobre el lavadero y la despensa. Confesó que ni en un millón de años habría soñado con terminar viviendo en una cabaña de cuento como aquella.

Luego salieron al jardín, que era un batiburrillo de lechos florales y árboles frutales.

—Está un poco lejos para ti —comentó Leandro cuando se sentaron uno al lado del otro en un banco de madera situado estratégicamente bajo un manzano. Hacía frío pero estaba despajado, y el silencio del campo era como un antídoto para el caos y el ruido de la vida londinense.

—No había pensado en ello —respondió Abigail con cierto desmayo. Había continuado con su trabajo aunque trabajaba menos horas porque no quería perder la pequeña cantidad de independencia económica que le proporcionaba. En el fondo quería dejarlo para poder estar mucho más tiempo con Sam, pero no era capaz de depender completamente de Leandro.

¿Qué ocurriría cuando esta farsa de felicidad terminara y él regresara a su vida normal? Por supuesto que se aseguraría de que hubiera un buen acuerdo económico, pero ¿cómo se sentiría aceptando su dinero y convertirse en una mantenida?

El inconveniente de haber rechazado su propuesta matrimonial era como un goteo constante de ácido que desgastaba sus buenas intenciones, pero, ¿qué sentido tenía el matrimonio si se llevaba a cabo por las razones equivocadas? Cuanto más estaba con Leandro, más deseaba su amor, y no su sentido de la responsabilidad.

—No tendría sentido que salieras de aquí a una hora ridículamente temprana para llegar a Londres y hacer un trabajo que para empezar no es necesario que hagas.

—Tú no lo entiendes...

—Es verdad, no lo entiendo. Deberías estar encantada de que no hubiera una necesidad económica que te obligue a ir a trabajar.

Abigail se puso tensa.

–No puedo depender de ti, Leandro. Estás siendo generoso por Sam, pero seamos sinceros, si no me hubiera quedado embarazada sin querer no estaríamos aquí hora.

Para su desesperación, Abigail deseó con todas sus fuerzas que lo negara, aunque no podía imaginar por qué iba a hacerlo.

–No tiene sentido pensar en lo que pudo haber sido –afirmó Leandro con lógica irrefutable–. El hecho es que ahora estamos en este punto y tienes que tomar una decisión. O renuncias al trabajo en Londres y nos venimos a vivir aquí o nos quedamos en el apartamento y tú sigues trabajando. ¿Qué vas a hacer? Si decides que este es el lugar que te conviene no tienes más que decirlo y puedo tener el contrato listo para finales de mes –Leandro se giró hacia ella y observó su perfil como un halcón.

Cuanto más estaba con ella, más se convencía de que desde luego no era una cazafortunas. Pero no entendía su obstinación en seguir trabajando aunque fuera menos horas. Aceptaba la modesta pensión de Sam, que era mucho menor de lo que Leandro estaba dispuesto a darle. Pero insistía en hacer uso de su propio dinero cuando se compraba algo para ella. Lo único que había conseguido era convencerla para que dejara de comprar la comida con lo que ella ganaba. En las pocas ocasiones en las que se había presentado con alguna joya, pequeños obsequios que podía ponerse cuando salían a cenar a algún sitio elegante, Abigail los había aceptado, pero se los ponía solo una vez por él y después los guardaba en un cajón de la cómoda de su cuarto.

Estaba bastante cerca de él, pero se mostraba decidida a no acercarse más y Leandro no podía culparla.

No podía perdonarle que la hubiera dejado la primera vez. Nunca se lo reprochaba, pero, ¿qué otra razón habría para que rechazara su proposición de matrimonio? Todavía había una parte de Abigail que desconfiaba de él, Leandro estaba seguro de ello.

—Supongo que podría trabajar desde aquí —Abigail le lanzó una mirada de reojo.

Leandro era tan... perfecto. Si se mudaban allí, ¿se dejaría hundir más en una situación de la que cada vez sería más y más difícil salir? ¿Podría la vida en aquella cabaña con el hombre de sus sueños, el hombre que no la amaba, alimentar la ilusión de que pudieran terminar teniendo algo de verdad?

Otro pensamiento más oscuro le cruzó por la mente.

¿Sería una estrategia por parte de Leandro sacarla de Londres para poder retomar gradualmente la vida que había dejado en suspenso? ¿Era aquello un paso para distanciarse de ella?

—Supongo que para ti será muy difícil venir hasta aquí —dijo con tono ligero y sin mirarle, porque no quería ver sus sospechas confirmadas.

—¿De qué estás hablando?

—Bueno, esto no está precisamente cerca del metro, ¿verdad? —se forzó a reírse—. Si yo no puedo trasladarme con facilidad al centro de Londres, entonces tú tampoco, ¿no? Tendrás el mismo problema que yo.

—Yo soy el dueño de mi empresa —señaló Leandro con tono suave—. Puedo trabajar las horas que quiera y tengo chófer. No tengo la misma necesidad que tú de entrar y salir a horas determinadas. Y tampoco voy a trabajar solo para demostrar mi punto.

—¡Yo no estoy haciendo eso! —Abigail se sonrojó enfadada y le miró.

—¿Ah, no? —respondió él con ironía. Y ella tuvo el detalle de permanecer callada.

–Bueno, en cualquier caso da igual. Solo quería que lo supieras.

–Lo siento, pero me he perdido. ¿Qué es lo que da igual?

–Que tengas que quedarte a pasar la noche en Londres.

–¿Pasar la noche en Londres?

–Sí. Si ambos decidimos que este es el mejor lugar para que Sam crezca, no quiero que sientas que tienes que volver a casa todas las noches por obligación.

–No es ninguna obligación ver a mi hijo –afirmó Leandro, enfadado por el tono de rechazo de Abigail.

–Solo pensé que estaría bien mencionarlo –continuó ella–. Va a ser incómodo para ti ir y volver todos los días.

–¿Por qué no dejas que yo decida lo que es incómodo y lo que no?

Abigail se encogió de hombros.

–Claro. Creo que voy a echar otro vistazo rápido antes de irnos –se puso de pie de un salto, molesta con él sin saber muy bien por qué.

Cuando Leandro hablaba de «obligación» solo reforzaba sus sospechas de que el pegamento que les unía temporalmente no iba a durar mucho. Pero si estar allí le daría a él la oportunidad de ir liberándose gradualmente, lo mismo se le podía aplicar a Abigail. Se iría acostumbrando poco a poco a tenerlo cada vez menos a su lado. Podría distanciarse.

Se centró en volver a repasar las estancias de la cabaña otra vez y terminó en la cocina. Estaba mirando a su alrededor cuando Leandro la sorprendió desde el umbral de la puerta.

–Necesitará trabajo.

Abigail se dio la vuelta y le miró desde el otro extremo de la cocina. Como no había muebles, sus voces hacían eco. Ella se abrazó a sí misma y alzó una ceja en gesto interrogante.

–La cabaña –se explicó Leandro con paciencia acercándose a ella–. Habrá que trabajar en ella.

–Es perfecta tal y como está –se apresuró a decir Abigail, que no quería discutir.

–¿Doy por hecho que estás contenta con el sitio?

–Puedo verme viviendo aquí con Sam –reconoció ella–. Pero no quiero que contrates a ningún diseñador de interiores que quitará todos los elementos tradicionales y convertirá la cabaña en una réplica de tu apartamento.

–¿Por qué haría yo algo así? –Leandro se le acercó y enredó los dedos en su sedoso cabello–. ¿Estás intentando tener una discusión conmigo?

–Por supuesto que no. ¿Por qué iba a hacer algo así?

–Decidiste no cambiar nada en mi apartamento.

–No me sentía cómoda haciendo eso.

–Tú eliges. Puedes hacer lo que quieras con este sitio, y para tu información, estará únicamente a tu nombre, así que sentirás que soy el dueño del techo que te protege.

–No tienes por qué hacer eso –Abigail se preguntó si aquella no sería otra señal de que se estaba distanciando de ella.

–Quiero que te sientas segura –aseguró Leandro con dulzura–. Y sé que eres orgullosa, aquí que no quiero que sientas que estás en deuda conmigo. Eres la madre de mi hijo y tengo intención de cuidar de ti.

Leandro le levantó la barbilla y le dio un suave beso en los labios. El sistema defensivo de Abigail quedó noqueado en aquel momento. Sus brazos se levantaron por su propia voluntad y le rodeó el cuello con ellos mientras lo atraía hacia sí.

Sexo. Todo se reducía a eso. Aparte del sentido del

deber, era lo que alimentaba su relación. Pero le dejaba una enorme sensación de vulnerabilidad. Sí, no podía evitar tomar lo que se le ofrecía, dividida entre aprovechar al máximo lo que tenía mientras pudiera o intentar resistirse para poder empezar a construir sus defensas cuando se separaran.

Y había momentos como el de ahora, en el que Leandro era tan amable que no tenía fuerzas para resistirse a él.

Podía ser muy duro, tan ridículamente contundente, y en otros momentos resultar tan insoportablemente tierno que la dejaba su respiración y sintiéndose tan indefensa como un gatito.

Abigail le besó también sujetándole el rostro entre las manos y susurró:

—No podemos.

—Pero tengo ganas de ti, Abigail. Estoy hambriento.

—¿Es que solo piensas en el sexo? —medio bromeó ella.

—¿Es culpa mía que sigas haciendo locuras con mi libido? —Leandro se retiró un poco hacia atrás y le acarició el pelo.

Abigail llevaba puestos unos vaqueros y una camiseta roja de manga larga bajo la gabardina y tenía un aspecto maravilloso. Fresca, sana, bellísima y carente de artificios.

—Admito que no estaría bien hacer el amor aquí —reconoció Leandro a regañadientes—. Lo que el sexo en el campo gana con el impulso alocado lo pierde en incomodidad —la agarró de la mano y salieron de la cabaña cerrando la puerta tras ellos y cortando cualquier impulso que Abigail pudiera tener de echar otro vistazo al sitio.

—Pero no puedo esperar a llegar a Londres —dijo retomando el camino para volver a la carretera.

–No seas escandaloso, Leandro.

–Tú me haces serlo –él le dirigió una mirada sincera que le derritió los huesos, y Abigail se preguntó si sería consciente de lo adictivo que resultaba.

Pronto estuvieron avanzando por la carretera. El atardecer empezaba a caer. No había casi tráfico, así que deberían haber regresado a Londres en menos de dos horas, por lo que a Abigail le sorprendió que Leandro dirigiera el coche deportivo plateado hacia la entrada de una posada rural que parecía de postal.

–He dicho que no podía esperar –gruñó él.

Ni siquiera se tomaron un vaso de vino en el bar. Se dirigieron directamente a la habitación que Leandro alquiló por una hora e hicieron el amor de forma tan apasionada que ella se quedó debilitada y estúpidamente feliz.

–Esto ha sido una manera muy decadente de usar el dinero –se rio mientras se dirigían de regreso a Londres–. ¿Y qué ha debido pensar el dueño de la posada?

–Que ha hecho un buen negocio –contestó Leandro con ironía–. Nos ha alquilado la suite más cara y hemos estado allí menos de una hora. Seguramente irá riéndose camino del banco. Mañana voy a cerrar el contrato de la casa –extendió la mano y cubrió la de Abigail con la suya–. ¿Vas a dejar el trabajo, Abby?

Ella se preguntó con inesperado cinismo si aquella era la razón por la que había parado en la posada. Leandro sabía que era como barro en sus manos cuando hacían el amor. Pero no, no podía creer que fuera tan manipulador aunque se tratara de un hombre acostumbrado a conseguir lo que quería a cualquier precio.

–Supongo que sí –dijo finalmente Abigail, consciente de que realmente quería pasar más tiempo con Sam aunque eso significara que Leandro se saliera con la suya–. Pero echaré de menos trabajar allí. Vanessa ha sido muy buena conmigo y le estoy inmensamente agradecida.

–Yo también –aseguró Leandro con seriedad.

Ella le miró sorprendida.

–¿Qué quieres decir?

–Quiero decir que ya me resulta horrible pensar en ti sin dinero y abandonada a tu suerte mientras estabas embarazada –dijo mirándola un instante–, pero es peor pensar qué habría pasado si no te hubieran tendido ese cable.

Sam estaba dormido cuando llegaron al apartamento de Leandro un poco después de las siete y media. La niñera, una mujer joven y encantadora que adoraba al niño, estuvo unos minutos contándoles las correrías que había hecho en su ausencia, y en cuanto se marchó los dos entraron en la habitación que habían transformado en cuarto infantil y miraron a su hijo.

Como era de esperar, no se había escatimado en gastos en la decoración. Las paredes eran azul pálido, en una de ella había una escena pintada a mano de una famosa película infantil. En una esquina había una tienda india con una alfombra de piel de cordero en la que Sam podía meterse. Cerca de la tienda había un enorme juguete de peluche, un regalo sorpresa que Leandro le había llevado un par de semanas antes.

Leandro miró a Sam y Abigail miró de reojo a Leandro. La única luz de la habitación venía de una pequeña lamparita de noche. El corazón se le encogió, porque así era su aspecto cuando se despojaba de su dureza. Tenía el rostro suavizado por la tenue luz. Nunca la había mirado a ella así, con ternura abierta, y en el pasado creyó que no sería capaz de sentir una emoción tan profunda. Pero sí era capaz.

Abigail le apretó el brazo y él la miró.

Ella se dirigió en silencio a la cocina, donde la asistenta que venía todos los días les había preparado la cena.

Por alguna razón, la idea de dejar Londres hizo que se pusiera nerviosa. Había entrado en una zona de confort en aquel apartamento, con un pie todavía conectado a su antigua vida de trabajo en la joyería y el otro allí, rodeada de aquel increíble lujo.

Pero no todo estaba cambiando, y eso la inquietaba. El futuro parecía más incierto que nunca y se dio cuenta de que, sin ser consciente de ello, se había anclado en la excusa de pensar que tenían una relación de verdad en lugar de un acuerdo por el bien de su hijo. Se había agarrado inconscientemente a los cambios que había visto en Leandro: sus atenciones, su consideración, sus esfuerzos por ser un buen padre... y los había traducido como algo que no era.

Ni una sola vez había expresado ningún sentimiento hacia ella. Sabía cómo hacer que se sintiera sexy, y era muy elocuente respecto al tema de sus atributos físicos y el efecto que provocaban en él, pero ahí terminaba todo.

Ahora se iba a marchar de Londres, dejaría su trabajo y a pesar de lo que Leandro le había dicho sobre el transporte, ella sabía que no pasaría mucho tiempo antes de que se instalara en un patrón de pasar la noche en el apartamento cuando tuviera que trabajar hasta tarde. ¿Y cuánto tardaría en sentir la tentación de relajarse en el apartamento con una mujer que lo ayudara a liberarse del estrés del día?

Seguiría viendo a Sam, por supuesto, pero pronto le sugeriría tener a Sam con él, y para entonces el niño sería lo bastante mayor como para pasar la noche con su padre.

Abigail sabía que debería tomarse las cosas día a día en lugar de proyectarse a largo plazo, pero cuando empezó a probar la comida que les habían preparado, miles de posibles escenarios empezaron a surgir en su mente.

Cuando volvió al presente se encontró a Leandro en el umbral con los brazos cruzados y mirándola fijamente.

–Suéltalo –le dijo sin preámbulos–. ¿Qué pasa?

–¡Nada!

–Entonces, ¿por qué parece como si de pronto te hubieras dado cuenta de que el cielo podría desplomarse?

Se dirigió hacia ella, pero antes de que Abigail pudiera darle una razón por su repentino cambio de humor a Leandro le sonó el móvil en el bolsillo y alzó una mano para silenciarla.

Como solo estaba a unos centímetros de él, Abigail escuchó la voz de una mujer y todos los miedos que habían estado dando vueltas en su cabeza cuajaron en la certeza de que aquella era la razón por la que Leandro tenía tanta prisa en que saliera de Londres y se fuera a vivir a la casa de sus sueños. No solo estaba hablando con una mujer, sino que además bajó la voz y se marchó de la cocina.

Estaba al teléfono con una mujer y no quería que ella escuchara la conversación.

Asaltada por una enfermiza aprensión, se mantuvo pegada en el sitio hasta que Leandro reapareció en menos de cinco minutos metiéndose el móvil otra vez en el bolsillo mientras se dirigía a la cocina. Ni un solo rastro de culpabilidad ensuciaba sus bellas facciones.

Abigail se regañó a sí misma por haber esperado que se sintiera culpable solo por haber hablado con una mujer por teléfono teniendo una conversación íntima que no quería que ella escuchara. Pero en cualquier caso...

–¿Quién era? –Abigail se quedó horrorizada al escucharse preguntar aquello con tono acusador.

Leandro se quedó quieto y la miró con ojos sombríos.

Todos los instintos de Leandro se alzaron contra su tono quejumbroso.

–Nadie que deba preocuparte –respondió con frialdad.

Temblando porque se había convertido de pronto en un extraño solo porque le había preguntado algo que no le gustaba, Abigail se mantuvo firme.

–Estabas hablando con una mujer –le espetó.

–No quiero entrar en esto, Abigail.

–Pero estoy en lo cierto, ¿verdad?

–¿Y eso es un delito? –preguntó Leandro tirante. No estaba acostumbrado a tener que justificar su comportamiento. Y no quería discutir con ella–. Tienes que calmarte y no exaltarte demasiado al respecto.

–¿Quién era? –inquirió Abigail–. ¡No! –alzó una mano con gesto imperativo. Temblaba como un motor a tope–. No te molestes en decírmelo. No tienes que hacerlo. Puedes hacer lo que te dé la gana. ¡A mí no me importa!

–¿No? –preguntó Leandro con intención entornando los ojos.

–¡Por supuesto que no! –Abigail se dio la vuelta para recomponerse, aspiró con fuerza el aire un par de veces y luego le miró con más control del que en realidad sentía–. Te pido disculpas por haberte preguntado. No nos debemos nada y soy consciente de ello.

–¿Aunque seamos amantes? –preguntó Leandro.

Ella hizo un gesto con la mano para quitarle importancia al asunto.

–Los dos sabemos que eso no significa nada –se aclaró la garganta–. Puedes hacer lo que quieras.

–Entonces, ¿no te importaría que la mujer que estaba al teléfono fuera alguien con quien quiero acostarme?

El dolor la atravesó tan tajante como un cristal cortado.

–Por supuesto, esperaría que rompieras nuestra relación antes de empezar a acostarte con otra persona.

–No puedo creer lo que estoy oyendo –murmuró
Leandro.

Abigail le ignoró. De hecho apenas escuchó lo que
había dicho. Estaba demasiado ocupada con las imáge-
nes que le rondaban por la cabeza como una película
rápida.

–¿Cuándo podré mudarme a la cabaña con Sam?
–preguntó, consciente de que aquella sería la única manera de acabar con el catastrófico efecto que causaba
sobre ella. Si quería estar con otra mujer ella no se
quedaría allí para ser testigo.

Resultaba asombroso que pareciera tan preocupado
por ella, que sintiera tanto deseo hacia ella, y que al
mismo tiempo tuviera tiempo para empezar a preparar
el terreno. El hecho de pensar en ello la destrozaba y
sintió cómo se le llenaban los ojos de lágrimas.

–¿Y bien? –preguntó apretando los labios.

–Solucionaré el tema financiero mañana y tendré la
casa lista en un tiempo récord. Puedes estar allí en dos
semanas.

Capítulo 8

LEANDRO estaba mirando por la ventana de su despacho con el ceño fruncido en gesto de absoluto disgusto.

No podía concentrarse y odiaba que le pasara eso. Había cancelado tres reuniones en los últimos diez días y había cambiado el viaje que tenía a Nueva York el mes siguiente. En aquel momento, su secretaria tenía instrucciones estrictas de no pasarle llamadas. Los documentos que debía revisar antes de atender esas llamadas seguían delante de él en el ordenador.

Torció el gesto, se levantó y se dirigió a la ventana para observar la maravillosa tarde de primavera.

Todo iba cobrando forma. Había comprado la cabaña y sin tener el problema de la hipoteca al que la mayoría de la gente tenía que enfrentarse, fue capaz de acelerar las cosas. Ya habían comenzado los primeros trabajos de reforma.

Había hablado de aquellas renovaciones con Abigail en aquella atmósfera de fría educación que ahora caracterizaba el tiempo que pasaban juntos. Ella había montado un gran revuelo con aquella llamada de teléfono y había pensado lo peor de él, y cuando Leandro se lanzó a dar una explicación sobre una simple llamada de teléfono, Abigail se refugió en el truco femenino más antiguo. Darle la espalda.

Y nada de sexo.

Solo Dios sabía lo que pasaba por su cabeza, pero no hacía falta ser científico nuclear para imaginar que en el disparatado escenario que estaría imaginando sin duda aparecía él en una postura comprometida con una mujer.

Frustrado más allá de lo imaginable, Leandro maldijo entre dientes.

Sabía que podía haber evitado todo aquel episodio contándole simplemente la verdad, que estaba hablando con su hermana, pero la conversación con Cecilia fue inusualmente abrupta y no llegó a ninguna conclusión, así que Leandro no estaba de humor para lidiar con las absurdas sospechas de Abigail.

¿Por qué debería hacerlo?

Nunca había tenido tiempo para la gente que le exigía cosas. ¿Qué hombre lo tenía? Una mujer exigente siempre se volvía posesiva en algún momento, y él no quería contemplar la posibilidad de tener una relación así.

Le enfurecía que después de todas las palabras de ánimo que se había dicho a sí mismo durante la última semana y media, siguiera sin saber qué pasaba. Odiaba la edulcorada sonrisa que Abigail le dedicaba cada vez que entraba por la puerta, y durante los últimos días se las había arreglado para asegurarse de la niñera cenara con ellos o había invitado a Vanessa o a alguno de sus compañeros de la tienda, de modo que el tiempo que pasaban solos se había reducido al mínimo.

Y luego estaba la falta de sexo.

Leandro no podía creer lo mucho que echaba de menos su cuerpo cálido, receptivo e increíblemente sexy.

El sexo no era más que una función corporal, ¿verdad? Una función corporal muy placentera, pero el mundo no dejaba de girar sobre su eje cuando faltaba.

Y sin embargo...

Consultó el reloj y se dio cuenta de que el tiempo pasaba muy despacio. Y maldijo la tendencia a la introspección que últimamente se había apoderado de él.

Necesitaba mucha atención y concentración para revisar los documentos legales del acuerdo que estaba a punto de cerrar, y la siguiente vez que miró el reloj eran más de las siete.

Por primera vez desde que reapareció en su vida como la madre de su hijo, Abigail iba a salir por la noche. Había presentado su dimisión y Vanessa iba a celebrarle una fiesta de despedida en una discoteca que no estaba muy lejos. No solo estaban invitados los empleados de la empresa, sino también algunos amigos que Abigail había hecho durante el tiempo que trabajó en Londres y también algunos clientes con los que había tratado más.

No fue Abigail quien le transmitió esa información, sino Vanessa cuando fue a cenar un par de días antes. Leandro observó de reojo el rostro de Abigail para ver si encontraba algún rastro de emoción, pero no fue capaz de distinguir nada.

Tenía que enfrentarse a la cruda realidad: ya no dormían juntos, y, efectivamente, ella era una mujer soltera que podía hacer lo que quisiera.

Aunque por supuesto, no haría nada. Si algo había aprendido era que no se trataba de una mujer que se metía en la cama con un hombre porque se presentara la oportunidad. Casi se rio al imaginarla ligando en una fiesta de la empresa.

Sí, iban a ir a una discoteca, y él la conocía porque hubo un tiempo en el que era cliente habitual. Y sí, sin duda habría música y bailarían, aunque él nunca había sido de los que se lanzaban a la pista de baile. Pero sin

duda Abigail echaría de menos a Sam y se excusaría
para regresar a casa lo antes posible.

Estaba convencido de ello.

Abigail observó su reflejo en el espejo en la habitación vacía que ahora ocupaba ella. El vestidor recorría
una pared entera y estaba forrado de espejos. No había
forma de escapar al reflejo que la miraba. Se sentía
extraña arreglada después de haber pasado tantos meses con atuendos de trabajo sosos y ropa para estar en
casa adecuada para ocuparse de un bebé.

Desde que Leandro había vuelto a aparecer en su
vida, su guardarropa había sufrido una transformación
radical porque él insistía en que tenía que comprarse
ropa para salir. Incluso le había comprado él mismo un
par de vestidos, que en su momento le parecieron ma-
ravillosos, pero que ahora había colocado al fondo del
vestidor porque experimentaba una extraña sensación
de culpa cuando pensaba en ponérselos.

Ahora había sacado uno de esos vestidos y tenía que
admitir que le sentaba como un guante.

Era ajustado, corto, y a pesar de que tenía un cuello
recatado y manga tres cuartos, Abigail estaba increíblemente sexy.

Tal ver porque era rojo fuego. Para bien o para mal,
cuando la gente la mirara se detendría sobre sus pasos,
y eso era exactamente lo que quería que hicieran porque tenía los niveles de autoestima muy bajos.

Las cosas entre Leandro y ella habían pasado rápidamente de ser maravillosas a convertirse en una pesadilla.

Una llamada de teléfono.

¿Por qué no pudo decirle con quién hablaba? ¿Tan

difícil habría sido para él explicarle que estaba al teléfono con una compañera de trabajo? Muy difícil, pensó, si aquella llamada proviniese de una amante en potencia, y sin duda se trataba de eso porque en caso contrario le habría explicado la situación.

Estaba viendo a otra persona. O por lo menos, sopesando la posibilidad de hacerlo.

Abigail no podía soportar pensar en ello. Cuando escuchó una voz femenina al otro lado del teléfono, los celos que sintió fueron tan poderosos como un torniquete en el corazón. Desde entonces no paraba de pensar en cómo sería esa mujer. ¿Rubia? ¿Morena? ¿Alta? ¿Baja? ¿Un amor del pasado? ¿Un amor en potencia? Su imaginación la volvía loca.

Y cuando no estaba ocupada imaginando cosas era lo bastante sensata como para darse cuenta de que su periodo de prueba había llegado a su fin. Abigail veía ahora que se había dejado llevar por la absurda esperanza de que él la amara y le propusiera matrimonio por las razones correctas.

Se trasladó a la habitación vacía la noche de la llamada telefónica. Leandro no puso objeción. Vio cómo se llevaba sus cosas y cerraba la puerta al sexo y él no intentó conseguir que volviera. Teniendo en cuenta lo poderoso que había sido el sexo, para ella lo que estaba sucediendo hablaba por sí solo.

Tenía el corazón roto, pero mantenía la compostura intentando asegurarse de que se comportaba como una adulta por el bien de Sam. No iba a salir corriendo ni iba a sacar a relucir su tristeza mostrándose malvada con Leandro. Hubo una vez en la que permitió que sus emociones determinaran su comportamiento y le había privado de los primeros diez meses de la vida de su hijo. Al mirar ahora atrás se daba cuenta de que aunque no lo hizo con mala intención, no estuvo bien.

Así que era educada con él. Conversaban. Abigail mantenía sus distancias y se comunicaba con él como lo haría con un perfecto desconocido, aunque cada vez que miraba su hermoso rostro el corazón se le encogía y el nudo que tenía en el estómago le dolía todavía más.

Tenía que seguir adelante con su vida aceptando al mismo tiempo que Leandro formaría parte de ella le gustara o no. Tendría que seguir viéndole. Cuando ella se mudara a la cabaña, seguramente Leandro aparecería un día con la mujer con la que había estado hablando por teléfono en voz baja con aquel tono culpable. Y Abigail tendría que aceptar su reemplazo con serenidad y asumirlo.

Asumirlo significaba tener una vida propia. Y decidió que el primer paso para lograrlo era ir a la fiesta que había organizado Vanessa y divertirse.

De ahí el vestido. Y el maquillaje, que era ligero pero resultaba muy eficaz. Y el pelo, que se había arreglado en la peluquería. Ahora le caía liso hasta la cintura como una cortina dorada.

Ya había acostado a Sam. Se puso unas sandalias de tacón alto, intercambió unas pocas palabras con la niñera y luego salió a subirse al taxi que había solicitado antes. Podría haber ido con el chófer de Leandro, pero no disfrutar de aquellos lujos le parecía un paso vital para recuperar la independencia que había ido perdiendo gradualmente al sucumbir a los encantos de Leandro y alimentar la inútil fantasía de un final feliz.

La discoteca estaba en el centro de Londres, y cuando Abigail llegó tras haberle enviado un mensaje a Vanessa diciéndole que iba de camino, se la encontró abarrotada.

Aspiró con fuerza el aire y, consciente de que muchas cabezas se giraban a mirarla, avanzó con firmeza y decidió que se iba a divertir a toda costa.

Leandro no tenía muy claro por qué se encontraba a las nueve y media en el interior de la discoteca donde se estaba celebrando la fiesta de Abigail. Tenía la sensación de que primero estaba enfrascado en la cautela y un instante después se vio en el asiento trasero del coche rumbo a Valentino's.

En el jardín había un grupo de personas de treinta y tantos años bien vestidos, la mayoría fumando y sosteniendo copas de champán. Los hombres se habían quitado las chaquetas del traje y las mujeres empezaban a parecer un poco menos arregladas de lo que seguramente habrían estado dos horas antes.

Los porteros parecían aburridos. Valentino's era una discoteca exclusiva solo para socios y las posibilidades de tener que librarse de alguien conflictivo parecían remotas.

Leandro no estaba seguro de dónde tenía la tarjeta de socio, pero en cualquier caso no importaba porque allí le conocían. También destilaba un aire de poder y de opulencia que llevaba a la gente a inclinarse y abrirle las puertas de manera casi inconsciente.

Hacía más de un año que no iba por allí, pero estaba familiarizado con la distribución. Como en otras discotecas privadas, había un reservado íntimo y oscuro con una decoración pensada para animar a la intimidad y la relajación, y por tanto a grandes cantidades de comida y bebida. Los aperitivos del bar eran inusualmente buenos, y la comida, que se servía en una estancia aparte, tenía varias estrellas Michelin. A un lado estaba la barra del bar, un semicírculo de madera de roble que recordaba a las películas antiguas de la mafia. La pista de baile estaba situada sobre un pódium con luces bajas y espacio suficiente para que acoger a una orquesta, algo que sucedía con frecuencia, aunque no aquella noche. Había sofás y sillas cómodas repartidas entre mesas de madera bajas.

El local estaba lleno, como siempre. Jean Claude, un francés de modales impecables y una eficacia asombrosa, dirigía el cotarro con mano de acero. Nunca se derramaban bebidas, los aperitivos siempre se servían con aplomo y la comida nunca estaba fría.

Leandro estaba preparado para cortar de cuajo los preliminares y preguntarle directamente dónde se celebraba la fiesta de Abigail, pero no tuvo que hacerlo porque vio con sus propios ojos dónde estaba su presa.

Apretó las mandíbulas y permaneció donde estaba, en dirección a la parte de tras de la sala privada, una presencia imponente y vagamente amenazadora que atraía todo tipo de miradas de reojo de las personas que pasaban a su lado.

No era de extrañar que Abigail no hubiera mostrado excesivo entusiasmo respecto a la fiesta de despedida, pensó apretando los dientes. Se las había arreglado muy bien para disimular la emoción contenida.

Apenas había tenido tiempo para él durante las dos últimas semanas. De hecho habían pasado de ser amantes apasionados a meros conocidos... pero qué tonto había sido al pensar que ella podría estar echando de menos... bueno, echándole de menos a él.

Al parecer no era así. Daba la impresión de que había estado contando los días para poder soltarse el pelo y volver a la vida de soltera que estaba claro que nunca pensó dejar atrás.

Y eso que le había dicho con aquella sonrisa sexy y sus grandes ojos de gacela que no se casaría con él pero que podían vivir juntos y ver cómo iban las cosas. Olvidó mencionar que a la menor oportunidad desaparecería entre el humo.

Se le tensaron todos los músculos y observó con ojos entornados cómo Abigail bailaba con un tipo que parecía dispuesto a abalanzarse sobre ella en cuanto tuviera la menor oportunidad. Abigail tenía los ojos entrecerrados y bailaba con el ritmo de una bailarina profesional. Todas las personas que estaban a su alrededor palidecían en comparación con ella. Era como si exudara una luz brillante que no tenía rival.

El obsesionado tipo le pasó la mano por la cintura para atraerla más hacia sí y Leandro no esperó a ver cómo reaccionaba ella.

Atravesó con gesto furioso la gente, las mesas y a los camareros que llevaban enormes bandejas redondas por encima de la cabeza. Cuando llegó a la pista de baile la rabia le recorría todas las venas del cuerpo. No hizo ningún esfuerzo por pensar con claridad ni analizar por qué se estaba comportando de aquella manera.

–¿Te importa si te interrumpo? –Leandro apenas miró al joven, que dio un paso atrás con expresión alarmada. Toda la atención de Leandro estaba centrada en la mujer que ahora le miraba con el ceño fruncido y un gesto que sugería que tal vez se había tomado varias copas de champán–. ¿Cuánto has bebido? –inquirió.

Abigail parpadeó y se esforzó por encontrar una respuesta a la pregunta mientras intentaba procesar la repentina aparición de Leandro en medio de la pista de baile. Había surgido de la nada y no estaba bailando.

La música cambió del ritmo discotequero a una balada y ella le agarró las solapas de la camisa blanca y se acercó más.

–¿Quieres bailar conmigo?

Consciente de que todas las miradas estaban clavadas en ellos, Leandro apretó su cuerpo grande contra el suyo de modo que pudo murmurarle al oído:

–Ya estoy bailando. Y ahora, ¿puedes decirme cuánto has bebido? No, déjalo. ¿Quién diablos era el tipo con el que estabas bailando? Si no llego a aparecer a tiempo habrías tenido que quitártelo de encima... ¿o era eso lo que querías? ¿He interrumpido un romance incipiente?

Leandro se apretó a ella con más fuerza. Los senos de Abigail se presionaban contra su cuerpo. Se imaginó a ese tipo haciendo lo mismo con ella y se le nubló la vista. Tuvo que hacer un esfuerzo por no ir en su busca y pegarle una paliza.

Aunque eso nunca pasaría, por supuesto. Leandro aborrecía ese tipo de reacciones extremas. Y sin embargo... le daban ganas de hacerlo.

–No he bebido tanto –Abigail sabía que estaba más desinhibida. Había ido a pasárselo bien y se había tomado tres copas de champán seguidas en su afán de no ser una aguafiestas. El champán se le había subido a la cabeza, haciendo maravillas para liberarla y aliviar un poco el tremendo estrés y la tristeza que la invadían desde que Leandro y ella se habían distanciado.

Ahora mismo le permitía también disfrutar realmente de la firmeza de su cuerpo contra el suyo, de sus susurros al oído y de aquel tono de posesión que resultaba francamente excitante.

Se acurrucó contra él y Leandro no se apartó.

–Shane –murmuró curvando la cabeza en su cuello y entrelazando los dedos.

–¿Shane? –aquella mujer era puro sexo y a Leandro le corrió la sangre más caliente mientras se apretaba contra él. Hizo un esfuerzo por recordar que aquella era la misma mujer exigente que le había dado la espalda solo por no contestarle a una pregunta que ella no debería haber hecho en primera instancia.

A él no le gustaba que le insistieran aunque Abigail estuviera en una categoría distinta a la de cualquier otra persona que lo había intentado. Sin embargo, su cuerpo no estaba haciendo las conexiones necesarias y sabía que si no tenía cuidado acabaría pronto tan duro como el acero y con una dolorosa necesidad de alivio.

—El hijo de Don Andrew —Abigail estaba orgullosa de su capacidad para pensar con claridad aunque sabía que la bebida se le había subido a la cabeza— Don Andrew es un cliente habitual nuestro —enunció con claridad y precisión—. Shane es hijo de su primer matrimonio. Vino con su novia hace un par de meses para comprarle una pulsera de diamantes.

—¿Y dónde está ahora la afortunada? —le espetó Leandro—. ¿Escondida detrás de una columna? ¿Esperando a que regrese a su lado cuando haya terminado de ligar contigo?

Abigail se apartó y se le quedó mirando con gesto de aparente fascinación.

—¿Estás celoso?

A Leandro se le subió la sangre a la cara.

—Yo no soy celoso —negó con voz fría y crispada—. Nunca lo he sido y nunca lo seré. Has bebido demasiado. Voy a llevarte a casa.

—Pero si acabo de llegar —protestó ella—. Y tú y yo casi no hemos bailado —le hizo un puchero sexy. Leandro maldijo entre dientes.

—No hagas eso —le ordenó con sequedad.

Habían conseguido llegar al extremo de la pista de baile, donde la luz era todavía más baja y la música se oía solo lo suficiente para poder escucharse.

—¿Hacer qué? —Abigail batió las pestañas con absoluta falta de pudor y se rio.

—Pedir algo que tal vez no quieras pedir —gruñó Leandro. Nunca le había costado tanto contenerse, y el deseo resultaba tan doloroso que apenas podía moverse bien.

–Tal vez quiera pedir algo que tú no creas que deba pedir... o algo así –tiró de él hacia sí porque tenía que hacerlo, y todo su cuerpo ardió en llamas cuando los frescos labios de Leandro se encontraron con los suyos. Luego empezaron a devorarse, mezclando las lenguas. Los gemidos sordos de Abigail eran la prueba de lo mucho que había echado de menos tocarle.

Leandro fue el primero en retirarse. Temblaba cuando se pasó los dedos por el pelo.

–No me gustan este tipo de demostraciones públicas de afecto –la miró largamente y con dureza. La deseaba con cada músculo y hueso de su cuerpo–. Además, estás un poco descontrolada. ¿Dónde está tu jefa? Te voy a llevar con ella para que te despidas y luego nos vamos a casa. Y ni se te ocurra decirme que todavía no te quieres ir.

Leandro no la dejó tiempo para pensar en nada. En menos de diez minutos estaban fuera de la discoteca y subidos al coche rumbo al apartamento. Abigail iba acurrucada contra él con su cuerpo suave y complaciente, y Leandro tuvo que hacer un esfuerzo casi sobrehumano para mantener las manos quietas.

La dejaría en la habitación libre y por la mañana ella se despertaría con un tremendo dolor de cabeza y no se le podría acusar de haber intentado aprovecharse de ella.

El plan funcionó bastante bien hasta que Leandro cerró la puerta de su dormitorio. La había dejado en la otra habitación tras haber ido a ver a Sam. Le quitó el vestido ajustado. Si de él dependiera, ningún otro hombre volvería a verla con él puesto. Le dio educadamente la espalda, al más puro estilo de los examantes, mientras Abigail se ponía el primer camisón que encontró en uno de los cajones. Luego Leandro le recordó que había paracetamol en el mueble del baño y le aconsejó que se tomara dos pastillas porque no le iba a gustar la sensación cuando se despertara en medio de la noche.

Luego apretó los dientes en gesto de frustración, se fue a su cuarto y entonces... y entonces se abrió la puerta y apareció ella.

Tan silenciosa y bella como la más tentadora de las sirenas.

Y cuando se metió en la cama con él, Leandro admitió que, después de todo, él era un ser humano de carne y hueso.

Ahora, con ella tumbada a su lado y mirándole fijamente bajo la luz plateada que se filtraba a través de las persianas, Leandro suspiró y sacudió la cabeza.

—Quiero esto —dijo Abigail más sobria que un juez.

No daba crédito a que hubiera entrado en su dormitorio, que estaba al lado del suyo, tan desnuda como vino al mundo y sin que le importaran las consecuencias. Le deseaba, y estaba cansada de decirse a sí misma que desearle no era la manera de seguir adelante con su vida. Ser una mártir era muy doloroso, sobre todo cuando ambos vivían bajo el mismo techo. Aquella noche al menos no quería ser una mártir. Al perderle se había dado cuenta de lo mucho que había perdido, y le dolía más de lo que nunca imaginó.

—No voy a aprovecharme de ti.

—No, claro que no —accedió ella—. *Yo* voy a aprovecharme de ti.

Leandro se rio con cierta desesperación y ella le desabrochó los pantalones y se los quitó antes de empezar con la camisa. Era la imagen de un hombre que estaba haciendo todo lo posible por contenerse, y ella le amaba por eso. Sí, le amaba.

Le amaba aunque él no sintiera lo mismo y aunque

seguramente Leandro tuviera a alguna tonta en la recámara esperando ocupar su lugar, Abigail le amaba tanto que quería tomar lo que tenía a mano en aquel momento y pensar más adelante en las consecuencias. Después de todo, tenía toda la vida para pagar por ello.

Lo tumbó sobre la espalda y se subió encima de él, moviéndose lenta y sinuosamente contra su pecho desnudo mientras le deslizaba la camisa por los hombros, deteniéndose solo para que él pudiera quitársela. Leandro parecía haberse rendido por fin a su deseo y no mostraba ninguna resistencia.

–No permitas que te impida aprovecharte de mí –murmuró con voz ronca con una sonrisa que la excitó todavía más desde la planta de los pies hasta la coronilla.

Leandro enganchó el pulgar de manera provocativa en los bóxers y tiró de ellos con gesto sugerente, solo lo suficiente para mostrarle lo excitado que estaba. Luego sonrió con gesto victorioso cuando ella batió las pestañas y gimió suavemente.

–Haz lo que quieras conmigo, cariño, porque te he echado de menos.

«No me digas esas cosas», quiso gritar Abigail. Porque frases como aquella eran las que le habían llevado hasta donde estaba ahora, la habían llevado a pensar que su relación era más fuerte de lo que realmente era.

Cuando decía que la había echado de menos, en realidad estaba diciendo que había echado de menos el sexo.

Lo que significaba que no había otra mujer. Al menos por el momento. Porque si la hubiera, Leandro no estaría allí. Eso lo sabía.

En aquel momento Abigail solo quería abrazarle con fuerza. Puso las manos en su pecho y se inclinó sobre él, bajando los senos para que se los metiera en la boca, un pezón cada vez. Con la cabeza colgando hacia atrás, gimió sin contenerse mientras le lamía un endurecido pezón con la lengua y le masajeaba el otro seno. Se movió entre los dos tomándose su tiempo.

Luego le cubrió el trasero con las manos y Abigail se colocó al borde con audacia, montándole a horcajadas y acercándose muy despacio a su boca con pasos sinuosos hasta que se colocó exactamente donde la lengua de Leandro podría hacer cosas increíbles con ella. Él la acarició con la punta de la lengua y ella dejó escapar un gemido estremecido y largo. Tenía la respiración agitada y rápida. Leandro siguió saboreándola entre las piernas y ella se movió contra su boca. Sintió los estremecimientos de excitación recorriéndola como un rayo por las venas, señalando el comienzo de un orgasmo que estallaría si no se paraba, pero disfrutó durante un poco más de lo que le estaba haciendo con la boca.

Estaba muy duro y grande cuando le tocó a ella el turno de saborearle. Leandro le movió el cuerpo deslizándola por encima de él y se saborearon el uno al otro a la vez.

No tenía nunca suficiente de ella. Se había vuelto loco cuando la vio en la pista de baile y se fijó en cómo la miraban los demás hombres y el modo en que aquel tipo la rondaba esperando el momento de lanzarse.

¿Era sencillamente afán de posesión?

Algo extraño y desconcertante se apoderó de él, y Leandro enterró aquella sensación extraña del único modo que sabía.

Con el sexo.

Se hizo con el mando, y a Abigail le encantó. Era poderoso y al mismo tiempo tierno entre las sábanas. Su cuerpo echaba chispas cuando después de una eternidad la penetró con embates largos y profundos que la volvieron loca. Se movió contra él clavándole los dedos en la cintura, encontrando el ritmo que era suyo y moviéndose al compás con sus cuerpos formando uno solo mientras crecía y crecía la sensación entre ellos.

Abigail llegó al orgasmo en una oleada de estremecedor éxtasis que siguió y siguió, llevándola cada vez más alto, sabiendo además que Leandro estaba también llegando, arqueando el cuerpo y tensándolo bajo el impacto de su propio orgasmo.

En el sexo se convertían realmente en una sola persona.

Cuando descendían al planeta tierra, a Abigail le maravilló que pudiera haber traducido aquella unión física completa en una unidad de mente, alma y corazón también.

Entonces se preguntó súbitamente confundida qué iba a hacer ahora.

Estaba otra vez en la cama con ella y no quería dejarle ir, pero pensar así hacía que se sintiera una cobarde por la posición que había escogido. ¿Cómo podía amar a alguien que se mostraba tan indiferente hacia ella hasta el punto de negarse en rotundo a responder a una sencilla pregunta, sabiendo lo importante que habría sido aquella respuesta para ella? Tal vez no estuvieran casados, pero eran amantes y padres de un niño. ¿Qué cabida tenía el secretismo en aquel escenario?

Empezó a invadirle un profundo remordimiento y sintió ganas de llorar amargamente. Pero cuando Leandro la abrazó se dejó hacer encantada. Le puso las manos en el pecho y aspiró su aroma profundamente, luego suspiró.

–De acuerdo –murmuró él con tono ronco–. Tú ganas.

Abigail se apartó un poco para adoptar una posición que le permitiera mirarle.

–¿Qué he ganado?

–Me preguntaste con quién estaba hablando por teléfono.

–No tienes que contarme nada que no quieras –mintió sonrojándose un poco–. Y esto no es una especie de juego, Leandro. Se supone que lo estamos... intentando, y duele pensar que estabas hablando con una mujer por teléfono. Y duele darse cuenta de que ni siquiera respetaste lo que teníamos lo suficiente como para decirme quién era. Sé que no tengo derechos sobre ti, pero tú querías saber quién era ese hombre, el que estaba bailando conmigo, y yo te lo dije. Tú preferiste marcharte antes de decirme con quién hablabas, y para mí eso solo puede significar que se trata de alguien con quien tienes pensado acostarte.

Leandro gruñó, se quedó tumbado de espaldas y miró el techo porque todo lo que Abigail había dicho tenía sentido. Había sido un idiota y no podía culparla por su actitud. Había dejado que el orgullo se apoderara de él.

–No estoy acostumbrado a responder ante nadie –admitió malhumorado–. Pero tendría que habértelo dicho y... te pido disculpas.

Abigail cerró los ojos durante unos segundos, asombrada de haber logrado aquella concesión y porque Leandro se hubiera disculpado. Sí, no era una disculpa con bombones y flores, pero sabía por instinto lo mucho que le costaría a alguien como Leandro pedir perdón, alguien que, como él había dicho, no respondía ante nadie.

–Entonces, ¿quién era? –presionó con frialdad para que le diera una respuesta.

–Mi hermana. Estaba hablando con Cecilia.

Capítulo 9

ABIGAIL se puso tensa y se apartó de él. Aparte de la conversación que tuvieron dos meses atrás, no habían vuelto a mencionar a Cecilia. ¿Dónde estaba? Podría bien estar viviendo en Marte, porque Leandro nunca hablaba de ella y Abigail no estaba por la labor de iniciar ninguna conversación sobre ella, porque era muy consciente del lazo irrompible que había entre los hermanos. Al menos si estaba lejos de su vista no podía hacer más daño. Pero, ¿por qué diablos no le había dicho Leandro en su momento con quién hablaba? A menos que se tratara de una conversación incómoda. Y no hacía falta ser un genio para saber cuál podría ser el tema «incómodo».

–¿Cómo está? –preguntó Abigail tratando de parecer preocupada.

Leandro la miró con cinismo.

–Noto auténtico interés en ti –remarcó.

Pero tenía la expresión seria y preocupada y Abigail no pudo evitar sentirse inquieta. Leandro siempre creería, aunque fuera parcialmente, la imagen que Cecilia le había presentado de ella. Tal vez últimamente hubiera alguna brecha y Leandro no estuviera tan convencido como en el pasado, pero en esencia Cecilia no podía confundirse. Era su hermana pequeña, siempre había cuidado de ella y ese hábito no podría romperse nunca.

–No ha estado por aquí –Abigail se tumbó boca arriba, se cubrió la desnudez con la colcha y se quedó mirando el techo, aunque con la mente podía ver el rostro de Leandro, serio y pensando.

–Eso es porque ha estado en el otro lado del mundo abriendo mi hotel en Fiji. Ha sido un no parar para ella. Apenas ha tenido tiempo de respirar. Además, ha empezado una relación con unos de los directores del proyecto que trabaja con ella y no ha mostrado ningún interés en volver al Reino Unido si puede pasar unas vacaciones en una isla del Pacífico cuando necesite un descanso.

–¿Por qué no me dijiste que era ella la mujer con la que hablabas por teléfono? –quiso saber Abigail mirando su perfil.

–Como te he dicho –respondió Leandro al segundo–, no estoy acostumbrado a que me pregunten con quién hablo, dónde voy o con quién.

Abigail aspiró con fuerza el aire.

–Sé que no estamos casados –comenzó a decir–, y seguramente tú pensarías lo mismo aunque lo estuviéramos, pero para mí esa no es una actitud aceptable.

–¿Cómo dices? –Leandro se giró hacia ella, asombrado de que eligiera tranquilamente iniciar una discusión cuando acababa de ofrecerle una disculpa por no haberle dicho lo que quería saber. Además le había facilitado la información en un momento que para él era una gran concesión.

Abigail no iba a recular con aquel asunto, pero la desaprobación de la mirada de Leandro estaba causando estragos en su nivel de coraje.

–Lo que digo es que tienes que escoger y a partir de ahí podemos retomar las cosas.

–No te sigo –respondió él. Pero todos sus sentidos estaban alerta. Se giró para ponerse de lado de modo que se miraban el uno al otro a los ojos. No se le escapó que Abigail se había tapado, y por lo que percibía se trataba de una conversación seria, una conversación en la que la desnudez no tenía cabida–. ¿Qué elección se supone que tengo que hacer?

–Vivimos juntos –comenzó Abigail con mucha más seguridad de la que realmente sentía. Estaba tan nerviosa por dentro que le sorprendió que no le temblara la voz–. Tal vez creas que reaccioné exageradamente a tu silencio, pero tengo dudas sobre si es una buena idea dejar que se desarrolle algo entre nosotros.

Suspiró y observó su rostro serio. Al menos Leandro no se había dado la vuelta. Al menos la escuchaba. Para ella la situación iba bien hasta el momento.

–¿De verdad creíste que estaba hablando por teléfono con otra mujer, planeando un encuentro con ella mientras me acostaba contigo? Por un lado me halaga que creas un nivel de energía tan alto, pero por otro me siento insultado de que me creas capaz de hacer lo que me estás acusando de haber hecho.

–No te he acusado de nada, pero no hay espacio para ese tipo de silencios entre nosotros. Si de verdad sientes que no tienes necesidad de explicarme lo que haces o de decirme dónde has estado si te pregunto, entonces dímelo ahora mismo, recogeré mis cosas y saldré de este apartamento por la mañana. Me mudaré a la cabaña con Sam y nunca intentaré limitar tu contacto con él, pero nunca habrá nada más entre nosotros. Serás libre para hacer lo que quieras sin que nadie te cuestione. En esencia, serás libre para seguir soltero y comportarte como tal. Pero si vamos a estar juntos, entonces por lo que a mí respecta tal vez no estés casado, pero ya no eres un soltero.

Y de esa forma, Leandro supo que las normas del juego habían cambiado y que aunque el instinto le dijera que dejara su punto claro, que las únicas normas con las que él jugaba eran las suyas propias, había una tercera parte involucrada.

¿Estaba preparado para poner en riesgo la relación con su hijo? Porque por mucho que le dijera Abigail en aquel momento, si él decidía darle la espalda ahora, cuando ella le había dicho que estaba dispuesta a intentarlo otra vez, su rechazo le causaría rabia, y todo el mundo conocía el peligro que podía tener una mujer despechada.

Y el mundo estaba lleno de hombres dispuestos a intentar algo con ella, aunque tuviera un hijo. Su aspecto físico le garantizaba que no se quedaría en el estante ni cinco segundos. Todo en él le gritaba que Abigail debía seguir siendo suya.

—Si insistes en poner términos y condiciones —murmuró—, entonces yo también tengo un par de ellos.

—Todavía no has respondido a lo que te he dicho.

—Haré todo lo que pueda —Leandro se puso algo rojo y ella le miró con serenidad—, para mantenerte al tanto, y si sientes curiosidad por mis actividades, entonces satisfaré tu curiosidad con las explicaciones pertinentes.

—De acuerdo —Abigail hizo una pausa y se dio cuenta de lo aliviada que se sentía, porque los últimos días habían sido un infierno y después de haberle visto esta noche, sabía que quería estar con él aunque no tuviera sentido—. ¿Cuáles son tus términos y condiciones?

—No me darás la espalda ni utilizarás la carta del «no sexo» cada vez que quieras dejar un punto claro. Entiendo que estuvieras herida, pero no creas que puedes intentar convertirme en una persona que nunca seré, y al ver que tus esfuerzos son inútiles, decidir retirar el sexo.

«Una persona que nunca estará enamorada de mí», pensó Abigail con valentía, «porque si lo estuvieras, comprometerte sería algo natural. No supondría un gran sacrificio».

Aquello demostraba lo comprometido que estaba en ser un buen padre para Sam, pero de todas maneras le dolía.

–Y quiero que dejes de tomarte como una tortura gastar el dinero que he estado depositando en tu cuenta.

–Lo gasto. Algo.

–Compras cosas para Sam y comida para la casa. De vez en cuando te compras para ti algo barato. Lo encuentro insultante.

–¿Por qué? –Abigail contuvo el aliento–. ¿Cómo puedes encontrar insultante que no use tu dinero?

–Toma lo que se te da con el espíritu adecuado, con el espíritu con el que se te da –le espetó Leandro–. Veo que rechazas con obstinación lo que puedo darte y eso me hace pensar que es tu manera de decirme que tu orgullo es mayor que tu deseo de adaptarte. Tengo un cierto estilo de vida y tiene sentido que tú te adaptes a él.

–Supongo que puedes tener razón.

–Sé que la tengo. Y además, pusimos un plazo a este ejercicio de autodescubrimiento.

–¿Qué quieres decir?

–Esto es lo que quiero decir –Leandro no se anduvo por las ramas–. Te pedí matrimonio porque era la mejor solución. Nuestro hijo se beneficiaría de tenernos a los dos aquí en lugar de andar rebotando entre nosotros. Me rechazaste, y agradezco que el resultado fuera que establecieras una propuesta funcional, pero tiene que haber un tiempo límite para este periodo de prueba. Después tendremos que sentarnos y decidir si queremos casarnos y convertir esto en algo permanente, o seguir cada uno nuestro camino sabiendo que hicimos todo lo que pudimos.

Abigail nunca había visto con más claridad el poco amor que había en el plan de vida de Leandro. Le estaba diciendo sin tapujos que el suyo era un acuerdo con beneficios, y si al final no funcionaba, se podían lavar las manos y seguir adelante.

—¿Cómo pones un límite de tiempo a algo así? –preguntó nerviosa.

Leandro se encogió de hombros.

—Buena pregunta. Es imposible porque no puede haber ninguna garantía de que hayamos llegado al punto de tener la seguridad de que somos compatibles a largo plazo. Por eso propongo que le demos tres meses, y después decidimos.

—Buena idea –accedió Abigail dolida–. Tres meses, y luego si las cosas no han funcionado podemos ir cada uno por nuestro camino y seguir adelante con nuestras vidas.

Hizo una pausa para digerir aquello, consciente de que era la mejor solución e impediría que se hundiera sin esperanza en aguas inciertas, cada vez más y más incapaz de ocupar una posición, esperando que llegara el día en el que Leandro le dijera que la amaba.

Mudarse a la cabaña fue como cortar los últimos lazos con la vida de Londres. El ruido frenético y el constante zumbido que había sido el fondo de su vida durante tanto tiempo dieron paso a los sonidos de la naturaleza. Una empresa de mudanzas había llevado sus cosas el día anterior, incluidos muebles del apartamento y de Greyling.

—Elige lo que quieras –le había dicho Leandro encogiéndose de hombros–. Y ten en cuenta que seguramente todo será remplazado en algún momento porque supongo que querrás amueblar esta casa con cosas que hayas elegido tú personalmente.

Abigail podría haberle dicho que no era en absoluto

quisquillosa. Pero no montó un drama explicándole que era la clase de chica que no necesitaba ir malgastando el dinero. Había asimilado lo que Leandro le dijo porque se dio cuenta de que el hecho de que siempre rechazara su generosidad era algo que a él le resultaba en ocasiones ofensivo.

Había ido por primera vez de compras y lo había disfrutado mucho. De camino hacia el todoterreno en el que Sam y ella, pero no Leandro, iban a viajar a la cabaña, se detuvo para mirarse en el espejo.

Había encontrado su propio estilo. No estaba interesada en los grandes diseñadores, y con las instrucciones explícitas de Leandro resonándole en los oídos, se decantó hacia la ropa que más o menos siempre había llevado pero esta vez bien cortadas, bien cosidas y un poco mejores. Aquel día llevaba unos vaqueros ajustados de diseño y una camisa de polo con un logo muy discreto y pequeño en el bolsillo del pecho. Vaqueros azules y camisa blanca acompañados de mocasines de piel blanca. Tenía un aspecto estiloso.

Vio por el reflejo a Leandro acercándose a ella con Sam en brazos.

Sabía que para cualquier desconocido podrían parecer directamente salidos de las páginas de una revista. Se dio la vuelta y sonrió.

—Me sorprende que no esté pidiendo que lo bajes —Abigail le ofreció los brazos a su hijo, que se lanzó a ellos y, como era de esperar, se retorció hasta que lo dejaron en el suelo.

Había empezado a gatear y atravesaba todo con aquel entusiasmo inconsciente que los tenía a los dos con el alma en vilo, apartando cosas que pudieran romperse y cubriendo las esquinas puntiagudas.

A Abigail no dejaba de asombrarle la naturalidad con la que le salían aquellas cosas a Leandro. Había abrazado la paternidad. Nadie podría acusarle de no entregarse completamente a ello. Y por la noche abrazaba la cercanía física que siempre la dejaba queriendo más de él. Era lo que cualquier mujer soñaría con tener. Era divertido, inteligente y salvajemente sexy como siempre había sido. Pero si rascaba la superficie, Abigail sabía que no encontraría el amor que siempre había deseado desesperadamente.

Nunca, ni siquiera en el fragor de la pasión, había pronunciado ninguna palabra desprevenida que pudiera hacerla pensar que sentía algo parecido a lo que sentía ella por él.

«Deseo» era una palabra básica en su vocabulario, pero «amor y necesidad» faltaban de manera ostensible, y cada día que pasaba se preguntaba qué pasaría entre ellos cuando terminara el plazo de tres meses.

Leandro nunca hablaba del tema y ella tampoco. Abigail tenía la sensación de que estaban juzgándola y tenía cuidado en cómo respondía, porque sabía que lo que Leandro quería era un acuerdo empresarial que funcionara bien y no el tipo de compromiso emocional complicado que acarreaba el amor.

En el fondo sabía que si al terminar los tres meses Leandro volvía a pedirle en matrimonio, diría que sí. Se llevaban bien, estaban unidos por el amor a Sam y el sexo era impresionante. Muchos matrimonios se conformaban con menos.

¿Se estaba vendiendo a bajo coste? Abigail no lo creía, porque aunque nunca se había imaginado estar casada con un hombre que no estuviera locamente enamorado de ella, tampoco podía imaginar que nadie la completara como Leandro.

Se preguntó si llegaría a aburrirse de ella y se sentiría entonces tentado a alejarse, pero aquel era un puente que cruzaría cuando llegara el momento.

–Un penique por tus pensamientos –Leandro levantó en brazos a su hijo y se inclinó para darle un beso en el cuello. Luego levantó al niño muy alto hasta que se retorció riéndose y luego se lo pasó a Abigail.

–Estaba pensando en la mudanza –aseguró con alegría.

–Siento no poder ir con vosotros –le dijo Leandro–. Pero llegaré luego –sonrió–. Seguramente harás muchas más cosas sin mí por el medio. Seguramente te estarías tropezando conmigo todo el rato. Y tal vez acabaríamos en la cama.

Abigail se sonrojó con aquel recordatorio de la importancia que le daba Leandro al sexo. No pensaba en otra cosa aparte de en Sam y el trabajo.

Decidida a no lamentar lo que le faltaba en la vida y a centrarse en lo que tenía, Abigail se pasó todo el trayecto a la cabaña haciendo listas mentales de lo que iba a hacer y en cómo dividiría el tiempo.

Había ido varias veces para ver la cabaña, supervisando el acomodo de varios de los muebles que habían estado llegando durante tres días. Pero una hora más tarde, cuando el coche se detuvo frente a la casa, volvió a quedarse hechizada.

La cabaña había subido de categoría porque estaba toda pintada, con equipamiento nuevo en la cocina y el jardín de atrás arreglado. También se habían instalado muebles hechos a mano en los dormitorios. Sam y ella exploraron el lugar. Abigail le había dado a la niñera unos días libres para que Sam, Leandro y ella solos se acostumbraran a la cabaña, y cuando el chófer de Leandro desapareció para regresar a Londres, Abigail sintió una punzada de emoción ante aquel nuevo paso en su vida.

Dejó a Sam recorrer el salón, donde no había esquinas puntiagudas ni cristal, y luego jugó con él en el jardín. Cuando llegó la hora de la siesta a la una y media, el pequeño estaba agotado.

Estaba preparándose una taza de té cuando sonó la campana de la puerta, y a Abigail le dio un vuelco al corazón ante la idea de que Leandro hubiera llegado mucho antes de lo previsto.

Corrió hacia la puerta, la abrió y se echó para atrás sorprendida al ver a Cecilia en el umbral con la misma belleza despampanante que la última vez que se vieron. Leandro y su hermana tenían el mismo tono de piel aceitunado, el cabello negro y facciones perfectamente cinceladas. Pero la belleza de Leandro era de ángulos duros y muy masculina, mientras que Cecilia resultaba más aristocrática y delicada. Era un puma, y Leandro un tigre. Abigail asociaba a los pumas con la astucia y el peligro, por eso se quedó bloqueando la puerta.

–¿No vas a invitarme a pasar? –Cecilia miró por detrás de ella y dio un paso adelante–. Es un sitio precioso. Eché un vistazo a los detalles en el apartamento de Leandro cuando llegué hace un par de horas, pero es mejor todavía en la realidad. Veo que has conseguido caer de pie, Abigail. Debe ser agradable para ti, dadas las circunstancias.

–¿Por qué has venido? –Leandro no había mencionado ni siquiera de pasada que su hermana fuera a regresar al país aquel día. ¿Había sido un descuido consciente por su parte? ¿O Cecilia había llegado sin avisar?

–Para ponernos al día. ¿Por qué si no? Vengo conduciendo desde Londres. Lo menos que puedes hacer es invitarme a tomar algo.

–Creía que estabas en Fiji.

–Tengo dos semanas libres. Así que pensé en venir a ver a mi querido hermano. De hecho le he dejado dándole vueltas a unas cuantas cosas.

Abigail se quedó paralizada, se echó a un lado e invitó en silencio a Cecilia a entrar, guiándola inmediatamente a la cocina mientras la otra mujer miraba a su alrededor con gran parafernalia expresando lo maravillada que estaba con todo.

–Me quito el sombrero. Lo has hecho muy bien. ¡Apuesto a que nunca pensaste que terminarías en una elegante cabaña con un montón de billetes que podrías gastarte en ti! Muy inteligente por tu parte quedarte embarazada –murmuró mirando la exquisita manicura de sus uñas antes de clavar en Abigail sus ojos almendrados.

Abigail no dijo nada, se dio la vuelta y se tomó su tiempo con el té. El corazón le latía con fuerza, y sabía que aquella conversación iba hacia algún lado que sin duda no iba a gustarle.

Pero ahora que Cecilia estaba en la cabaña no le quedaba más opción que entrar en la rueda de aquella charla supuestamente informal plagada de insultos edulcorados. Se mordió la lengua. De ninguna manera iba abrir la caja de Pandora metiéndose en una discusión con la hermana de Leandro.

–Me ha dicho que el matrimonio está sobre la mesa –dijo Cecilia abruptamente. Estaban sentadas a ambos extremos de la mesa de madera que ocupaba la cocina de Greyling.

Abigail asintió y miró a la otra mujer directamente a los ojos.

–Creemos que Sam se beneficiaría de tenernos a los dos cerca.

–Deja de hablar de mi hermano y de ti como si fuerais una pareja –bufó Cecilia–. No lo sois. Ni antes ni ahora. Supe que eras nociva desde el momento que conociste a Leandro. ¡Apenas tenía tiempo para hablar conmigo cuando tú apareciste en escena!

Abigail se puso de pie y rebuscó en el bolso que tenía sobre la encimera. Sacó un paquete de pañuelos de papel y se lo dio a Cecilia.

—Tendría que haber imaginado que pasaba algo cuando me envió al otro lado del mundo para supervisar el hotel de Fiji —le temblaba la voz, pero seguía con la mirada firme—. Era imposible hablar con él por la diferencia horaria y los problemas con Internet. Pero hoy lo he descubierto todo cuando me he enfrentado a él. No vas a casarte con mi hermano. No vas a apartarlo de mí.

—No... no tengo intención de apartarlo de ti —tartamudeó Abigail.

—¡No quiere casarse contigo! —Cecilia alzó la voz y Abigail miró preocupada hacia la puerta de la cocina, que estaba abierta. Lo último que le faltaba era aguantar los gritos de Cecilia y los sollozos de su hijo—. Eres la persona equivocada para Leandro y lo último que desea es casarse contigo.

—¿Eso te lo ha dicho él?

—¡Por supuesto que sí! —volvió a chillar Cecilia—. ¡Nosotros hablamos de todo! Me dijo que le quieres obligar a casarse contigo por el niño. Me dijo que no eres su tipo para nada. No le importas. ¡No te quiere!

Abigail bajó la mirada. Cecilia tenía un interés personal en decir todas aquellas cosas, en causar todo el caos que pudiera. Pero, ¿mentía? Solo estaba confirmando lo que Abigail ya sabía.

Esperaba otro discurso agresivo por parte de la otra mujer, y se estaba poniendo de pie para impedirlo echándola con firmeza de la cabaña cuando la voz de Leandro en la puerta de la cocina la detuvo sobre sus pasos.

No le había oído entrar en la casa. No era de extrañar, porque tenía llave y ella estaba completamente focalizada en Cecilia. No habría notado ni que pasaran dos yetis por la cocina tomados de la mano.

–Cecilia, ¿qué estás haciendo aquí? –preguntó Leandro con voz fría, como fría fue la mirada que le lanzó a su hermana cuando ella se giró, sonrojando antes de correr a su lado.

Pero antes de que pudiera abrazarle, Leandro estiró el brazo para detenerla.

–He... he venido a conocer a mi sobrino –tartamudeó–. Pero ella no me deja verlo.

Abigail abrió la boca para protestar pero se vio abrumada por una profunda sensación de impotencia. ¿Por qué iba a creerla Leandro? No la amaba. Iba a pasar lo mismo que casi dos años atrás, cuando escuchó a Cecilia y se negó a prestar atención a lo que ella tenía que decir. Fue juez, jurado y ejecutor de su relación, ¿por qué iba a ser distinto ahora?

Tal vez ya le habían convencido de que sin amor estaba mejor sin ella a pesar de lo que había dicho respecto a querer estar a su lado por Sam. Tal vez se hubiera visto impulsado a tener una relación con ella, pero sin duda estaba abierto a dejarse convencer por Cecilia. Abigail podía visualizar perfectamente una situación en la que su hermana le convencía de que en alguna parte había alguien mejor para él, alguien que compartía los mismos orígenes, alguien a que podría amar en lugar de que solo le gustara, y con quien los lazos no girarían en torno a obligaciones y deberes hacia un niño que él no había buscado.

Tenía la imaginación desbocada, pero en medio de sus pensamientos no pudo evitar fijarse en que no estaba reprendiendo a Cecilia. De hecho la atrajo hacia sí, aunque tenía la mirada firmemente clavada en Abigail.

–Me aseguraré de que Cecilia regrese a Londres –dijo sin ninguna inflexión en el tono que pudiera dar alguna pista de lo que estaba pensando.

Lo que provocó que el miedo que estaba empezando

a sentir Abigail se apoderara por completo de ella. Leandro había salido de la nada para escuchar que ella era una mujer cruel que le negaba a una tía su sobrino. Cecilia era capaz de interpretar entre llantos una actuación digna de Oscar.

Y, sin embargo, a pesar de recibir por parte de la otra mujer una mirada taimada mientras Leandro la sacaba con suavidad de la cocina, Abigail no pudo evitar sentir una punzada de simpatía por ella. La voz llorosa había sido real. Cecilia estaba dolida porque se sentía ignorada por el hermano mayor que siempre había tenido tiempo para ella. Las lágrimas que amenazaban con caer no eran fingidas.

Pero eso no cambiaba nada. Los tres meses de plazo acababan de empezar, pero si Leandro no podía concederle el beneficio de la duda ahora y se quedaba para escuchar lo que realmente había pasado entre su hermana y ella, entonces nunca estaría preparado para concederle el beneficio de la duda en nada.

En resumen, nada importante había cambiado entre ellos desde que le dio la espalda tanto tiempo atrás, excepto que ahora era padre. La actitud que tenía hacia ella seguía siendo la misma.

Llevaría él mismo a Cecilia a Londres, todo aquel instinto protector que se había ido alimentando desde muy pronto se pondría en marcha y creería todas las mentiras que su hermana decidiera contarle.

Sintiéndose de pronto completamente agotada, Abigail salió al jardín y se dirigió directamente al bonito cenador que habían construido bajo uno de los árboles frutales. La ventana de Sam estaba completamente abierta y sabía que le oiría si se despertaba y empezaba a llorar, aunque solía dormir bastante en la siesta y creía que no se despertaría hasta dentro de al menos una hora.

Un tiempo precioso que podía emplear en ordenar sus pensamientos, intentar llegar a alguna conclusión en medio de la marea en la que vivía últimamente.

Los pensamientos se le emborronaron cuando cerró los ojos. Hacía un día precioso, la brisa tenía el punto justo de calidez. La naturaleza mostraba sus propios sonidos, y con los ojos cerrados podía realmente apreciarlos todos. El sonido de las hojas de los árboles, el canto de los pájaros, y a lo lejos, el sonido del tráfico, porque aunque la cabaña estaba en el medio de la nada la carretera a Londres no estaba tan lejos.

Se quedó medio adormilada y soñó que Leandro se apartaba de ella, cuanto más deprisa y más asustada intentaba acercarse de nuevo, más deprisa se alejaba él mirando de reojo hacia atrás y marchándose a pesar de que veía que ella estaba triste.

Se sobresaltó violentamente cuando su voz grave y familiar le dijo con un tono demasiado real para ser un sueño:

—No es buena idea quedarse dormido al sol.

Abigail abrió los ojos de par en par y boqueó.

—Creí que ibas a llevar a tu hermana a Londres.

—Ha venido en coche —dijo Leandro secamente—, y no hay motivo para que no pueda volver de la misma manera. Aunque yo he venido con el chófer, así que le he pedido que la lleve y mi coche se ha quedado aquí.

Leandro permaneció donde estaba con las manos en los bolsillos. Su bello y moreno rostro no revelaba nada.

Apartó la mirada un instante, y cuando se pasó los dedos por el pelo, Abigail identificó su gesto. Incomodidad. Como nunca le había visto sin hacer pie, aquello le pareció preocupante, y de pronto todas las dudas e inseguridades que había alimentado bajo la superficie salieron a flote, exigiendo ser escuchadas. Con el corazón en la boca, se aclaró la garganta y dijo con tono pausado:

–Creo que deberíamos hablar. No sé qué te ha dicho tu hermana, Leandro, pero ella sí me ha contado lo que tú le dijiste sobre... bueno, por decirlo de esta manera, sobre que ibas a poner el corazón en hacer que esta relación funcionara. Y no pasa nada.

–¿Ah, no?

–No es nada que yo ya no supiera, y quiero que sepas que te agradezco de verdad el esfuerzo que has hecho por intentar que estuviéramos juntos por el bien de Sam. Era imposible que saliera bien, por supuesto –dijo a regañadientes bajando la mirada–. No se pueden forzar las relaciones, y eso es lo que hemos estado intentando. Seguro que estás de acuerdo conmigo.

Abigail le miró y se sonrojó porque él la estaba mirando con un extraño gesto de vacilación que ella no supo si seguir hablando de lo mismo o salir corriendo por la puerta de atrás.

No hizo ninguna de las dos cosas. Esbozó una sonrisa en la cara y le espetó:

–¿Y bien? Di algo, Leandro. Porque Sam se despertará pronto y si tenemos que tener esta conversación, entonces este es el mejor momento...

Capítulo 10

NO SABÍA que Cecilia iba a presentarse hoy en mi apartamento. Y menos sin avisar.

—Pero hablaste con ella por teléfono —Abigail se levantó y se dirigió hacia la cabaña, porque estar fuera era para relajarse y ella no se sentía relajada.

Era consciente de que Leandro la seguía, y eso le erizó el vello de la nuca.

—Seguramente te lo dijo —continuó girándose para mirarle con una mano en la cadera—. Me dejó muy claro que vosotros os contáis todo.

Lo último lo dijo con cierto tono acusador, y Leandro apartó la mirada y apretó las mandíbulas.

¿Cuándo había empezado a perder el control? El control era a lo que siempre aspiraba. En su vida profesional y en su vida privada. ¿Cuándo había desaparecido? ¿Podría haberlo retenido en algún momento del camino o era un proceso que se inició cuando Abigail entró por primera vez en su vida, un proceso que se detuvo temporalmente cuando ella fue y que continuó en cuanto volvió a aparecer?

Desde luego en aquel momento no se sentía en control. Se sentía... como cualquier hombre de carne y hueso que tuviera un pie al borde del precipicio.

Abigail se sentó a la mesa pero se quedó mirando a la lejanía.

—Siempre ha dependido de mí —explicó Leandro con pesadumbre—. Nuestros padres no tenían tiempo para nosotros y Cecilia se apoyaba mucho en mí prácticamente para todo. Por supuesto, a medida que fue pasando el tiempo di por hecho que se iría haciendo más independiente, y desde luego en la superficie tenía una buena vida. Nunca le faltó de nada y tenía muchos amigos. Seguía acudiendo a mí en busca de consejo. Seguía contándome sus cosas. Me parecía divertido, y supongo que era una zona de confort que funcionaba. Terminó la universidad y enseguida empezó a trabajar para mi empresa en el campo de la hostelería, y se le daba y se le sigue dando de maravilla.

Leandro suspiró y entrelazó los dedos.

–Nunca me di cuenta de lo posesiva que era con mis relaciones porque yo no me las tomaba en serio. Pero cuando apareciste tú...

–Cuando aparecí yo –continuó Abigail por él–, no pudo esperar para dinamitar lo nuestro porque no lo controlaba.

Leandro torció la boca.

–No pudo esperar a dinamitarlo porque tuvo la sensación de que podría ser algo serio –la corrigió con voz pausada–. Presintió algo que ni yo mismo había percibido. Te deseé desde el primer momento que te vi, Abigail.

–Eso me dijiste –respondió ella con cierto tono amargo–. Siempre lo he sabido. Me deseas y me encuentras atractiva. Te sorprendería lo insultante que puede resultar eso transcurrido un tiempo. Yo estaba como loca cuando nos conocimos. Nunca había conocido a nadie como tú en toda mi vida. ¿Cómo iba a hacerlo? Te mueves en círculos a los que yo nunca tuve acceso. Ya te he dicho esto antes, pero lo voy a decir otra vez: esa fue la razón por la que guardé silencio sobre mis orígenes. Quería disfrutar de ti sin que hicieras juicios sobre mí debido a mi procedencia. Cecilia debió pensar que había encontrado oro cuando escarbó y encontró todas esas cosas sobre mí.

–Tendría que haber escuchado a mi conciencia –reconoció él–, en lugar de aceptar las pruebas contra ti y llegar a las conclusiones equivocadas.

–¿Qué estás diciendo? –Abigail le miró desafiante porque se negaba a tener esperanza. Se las habían frustrado demasiadas veces.

–Me vi envuelto contigo, Abigail. No sé cómo sucedió porque siempre pensé que estaba bien protegido contra la implicación emocional, pero tú conseguiste abrir un camino dentro de mí... tal vez por eso me apresuré a encasillarte como una cazafortunas. Me mentiste, y fue fácil y cómodo creer lo peor de ti, porque en caso contrario me habría visto obligado a admitir que sentía cosas por ti que iban más allá del sexo.

A Abigail le dio un vuelco al corazón.

–No te dije que estaba embarazada porque sabía lo que pensabas de mí...

–Lo entiendo. Cuando volví a verte me di cuenta de que todavía te deseaba –confesó Leandro–. Acababa de romper con alguien que sobre el papel tendría que haber sido mi pareja perfecta. Cecilia nos presentó –torció el gesto–. Supongo que en aquel momento tendría que haberme dado cuenta de lo importante que era para mi hermana no sentirse amenazada con ninguna mujer con la que saliera.

Abigail no pudo evitar esbozar una media sonrisa. Leandro no era de los que captaban las cosas sutiles. Ella lo entendía porque, si no se excavaba profundo, uno nunca se veía fuera de su zona de confort.

Leandro se puso de pie y recorrió la cocina, pensando distraídamente en los pequeños pasos que Abigail había hecho para convertir la casa en un hogar. Había dos fotos enmarcadas de Sam en una pared al lado de la mesa y algunas hierbas en macetas en la repisa de la ventana. Había hecho lo mismo cuando vivía con él. Había transformado su apartamento, que pasó de ser un espacio frío a un hogar, y lo había hecho sin que Leandro se diera realmente cuenta.

–He oído lo que Cecilia te ha dicho –afirmó con rotundidad–. Era imposible no escucharlo porque no estaba haciendo el menor esfuerzo por bajar el tono de voz.

Abigail se puso tensa y se quedó mirando sus dedos entrelazados sobre la mesa de la cocina.

–No he tenido ninguna conversación con ella sobre las cosas que ha dicho. Debería estar furioso porque hubiera tomado la decisión de venir aquí y fingir ser mi portavoz, pero no lo estoy.

–Porque te ha allanado el camino... para decirme lo que ha sido obvio desde el principio, ¿verdad?

–Algo así –Leandro estiró la mano para sostener sus agitados dedos hasta que ella se vio obligada a mirarle–. Me cuesta decir esto –murmuró con tono grave y firme–. Nunca he creído en el amor. Siempre lo he asociado a algo destructivo. Creía que era inmune a sus efectos, pero estaba equivocado.

–¿Qué quieres decir?

–Quiero decir que estuve a punto de enamorarme de ti la primera vez, y esta vez se ha completado el trabajo. Estoy locamente enamorado de ti, Abigail, y creo que hace ya un tiempo que en el fondo lo sabía.

–¿Estás enamorado de mí? –susurró ella con los ojos redondos como platos.

–Lo enterré bajo la excusa de estar a la altura y hacer lo correcto, pero cuando te pedí matrimonio debería haberme preguntado a mí mismo por qué no me abrumaba el cambio que conllevaría en mi querido estilo de vida. Estaba ciego y te aparté de mí.

–Me apartaste de mí porque yo quería mucho más de lo que me ofrecías. Yo quería el paquete completo. Quería que me amaras como te amaba yo.

Abigail le sonrió y él le devolvió una sonrisa aliviada con mezcla de satisfacción.

–Nunca me permití sentirme segura contigo –confesó

ella–. Era muy consciente de que veníamos de mundos muy distintos. Tuve miedo cuando recibiste aquella llamada de Cecilia –continuó–, porque pude proyectar y ver el daño que había estado haciendo una vez más. Cuando te fuiste con ella hace un rato, estaba convencida de que la próxima vez que te viera sería para escuchar que habías decidido apartarte de mí por el camino que yo te había allanado. Tenía muchos principios respecto a casarme por los motivos adecuados. Quería que mi futuro fuera completamente distinto a mi pasado. Quería el paquete entero: amor y romance con todos los adornos. Pero me enamoré de ti y no había ningún adorno. Sentí que no podía casarme con alguien por las razones equivocadas, y en algún momento del caminó decidí que quizá tú podrías empezar a sentir lo mismo que yo.

–¿Te quieres casar conmigo, cariño?

Abigail asintió, se puso de pie y se fue a sentar al regazo de Leandro. Le rodeó el cuello con los brazos y lo atrajo hacia sí.

–Por supuesto. Lo creas o no, estaba deseando que volvieras a preguntármelo, porque casarme contigo aunque no me amaras me hacía sentir mucho mejor que la alternativa de no tenerte.

Abigail hizo una pausa y luego preguntó:

–¿Y qué pasa con tu hermana?

–No volverá para expresar sus opiniones –afirmó Leandro con firmeza–. Seguiré viéndola cuando esté en el país, naturalmente, pero ha sobrepasado los límites y eso no es aceptable –suspiró con fuerza–. Proteger a mi hermana se ha convertido en un hábito para mí a través de los años y me ha hecho ciego a algunos de sus defectos. Seguirá encargándose de mi hotel de Fiji, pero no te molestará en el futuro. Y ahora, dejemos de hablar de Cecilia y hablemos de... nosotros.

Epílogo

ABIGAIL miró su reflejo en el espejo con una sonrisa de satisfacción, porque aquel era exactamente el aspecto que quería tener. Ni ostentoso ni exagerado pero no tan sencillo que pareciera que iba a una fiesta.

Era el vestido de novia perfecto. Recto y simple, con una exquisita pedrería plateada que contrastaba con el fondo crema. Tenía un escote recatado y la espalda un poco baja. Era la última vez que podría ponerse algo tan ajustado... estaba embarazada de diez semanas y ya empezaba a notar las primeras señales de un vientre en expansión.

Aquella noche se lo contaría a Leandro, y estaba deseando ver su cara al escuchar la noticia. Se había perdido el embarazo de Sam y sabía que se portaría como el más atento de los maridos, amante y futuro padre con el bebé que había sabido que llevaba dentro hacía tan solo unos días.

Aquella sería la primera sorpresa.

La segunda sería su hermana. Leandro la había puesto firmemente en su sitio y le había dado órdenes de alejarse, de cuidar del fuerte al otro lado del mundo y de no volver a interferir jamás en su vida. Abigail conocía a Leandro, y aunque era el hombre más justo que había conocido en su vida, no eran de los que se andaban con rodeos.

Cuando le contó que le había ordenado a su hermana que desistiera, Abigail imaginó al instante una conversación firme y clara de dos frases. Cecilia no se había portado bien, pero era justo decir que lo había hecho con un

telón de fondo de asuntos que la habían hecho completamente dependiente y frágil, y por lo tanto vulnerable a la
idea de que su hermano ya no tuviera tiempo para ella.

Una semana atrás, Abigail había hablado con ella
por teléfono. Fue una conversación incómoda, titu-
beante y a la defensiva por parte de Cecilia, al menos al
principio. Pero Abigail insistió y dos días antes, sin que
Leandro lo supiera, Cecilia llegó a Londres. Quedaron
y Abigail se llevó a Sam con ella.

–Eres su tía –le dijo con dulzura–, y es importante
que le conozcas. Todos los niños necesitan una tía. Lo
he visto en las películas.

Cecilia sonrió de mala gana, pero cinco minutos más
tarde ya no sostenía a Sam con los brazos estirados como
si fuera un paquete que contuviera desechos peligrosos.

Abigail no podía decir tampoco que hubieran conge-
niado a la primera, pero Roma no se construyó en un día.

Y en aquel momento todo parecía maravilloso. Leandro no tenía ni idea de que su hermana asistiría a la boda.
Abigail pensó con ironía que para ser un hombre que
odiaba las sorpresas, iba a tener un día repleto de ellas.

Vio en el reflejo cómo entraba Vanessa en la habitación y la escuchó silbar antes de que sonriera.

–Creo que el novio va a ser el hombre más feliz de
la tierra cuando vea a su radiante novia.

Abigail se giró y acompañó la sonrisa de su amiga
con la suya propia.

–Vamos –dijo atusándose el fabuloso vestido y permitiendo que Vanessa le diera el toque final a las perlas que
llevaba en el pelo. La peluquera y la maquilladora ya se
habían marchado, y aquellos eran sus últimos momentos
de soltera. Sabía que no había nadie en el mundo con el
que quisiera llegar al altar más que con Leandro–. El resto
de mi vida me está esperando.

Bianca

¡Seducida, despreciada y embarazada!

DESTERRADA DEL PARAÍSO

BELLA FRANCES

La prometedora fotógrafa Coral Dahl no podía permitirse distracciones durante su primer encargo importante. Pero la belleza de Hydros, la isla privada donde se iba a realizar la sesión de fotos, no era nada en comparación con el atractivo Raffaele Rossini. Y Coral se vio incapaz de resistirse a aquel carismático magnate.

Raffaele se llevó una sorpresa al descubrir que Coral podía tener motivos ocultos para estar en Hydros y la echó de la isla. Pero no podía imaginar que la noche de pasión que compartió con ella iba a tener consecuencias inesperadas…

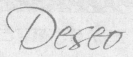

Deseo

*Era su obligación proteger a la honorable jueza,
pero ¿cómo iba a proteger su corazón?*

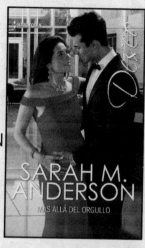

MÁS ALLÁ
DEL ORGULLO
SARAH M. ANDERSON

Nada podía impedir que el agente especial del FBI Tom Pájaro Amarillo fuera detrás de la jueza Caroline Jennings, pues lo había impresionado desde el momento en que la había visto. Tenía como misión protegerla, aunque la atracción que ardía entre ambos era demasiado fuerte como para ignorarla. Para colmo, cuando ella se quedó embarazada, Tom perdió el poco sentido común que le quedaba.

Cuando se desveló el turbio secreto que Caroline ocultaba, fue el orgullo del agente especial lo que se puso en juego.

Bianca

Aceptó su proposición sin imaginar el peligro que corría su corazón...

EMBARAZO POR CONTRATO

MAYA BLAKE

Al cumplir los veinticinco, la tímida Suki Langston, que llevab[a] años enamorada de Ramón Acosta, vivió con él una ardient[e] noche de pasión. No esperaba quedarse embarazada, y much[o] menos que ese embarazo fuera a tener un triste desenlace qu[e] acabaría con sus esperanzas de un futuro junto a Ramón.
Sin embargo, meses después, el arrogante magnate reapareci[ó] en su vida decidido a que le proporcionara un heredero, y es[a] exigencia, aunque indignante, revivió el ansia de Suki por se[r] madre y por volver a sentir el fuego de sus caricias.